FOLIO POLICIER

Didier Decoin

Meurtre à l'anglaise

Mercure de France

Fils du cinéaste Henri Decoin, Didier Decoin est né le 13 mars 1945. Après des études de droit, il se consacre au journalisme puis entame en parallèle une carrière de romancier et de scénariste. Il est notamment l'auteur de *John l'Enfer* (Seuil, prix Goncourt 1977), *La femme de chambre du Titanic* (Seuil, 1991), *Est-ce ainsi que les femmes meurent?* (Grasset, 2009), *Une Anglaise à bicyclette* (Stock, 2011) et *Le Bureau des Jardins et des Étangs* (Stock, 2017). Il est élu en 1995 à l'académie Goncourt dont il est l'actuel président. Il est en outre membre de l'Académie de marine et président des Écrivains de Marine.

À Maître Claudine Galand,
qui fut la première
à aimer cette histoire.

Combien d'assassinats sont des malentendus.

La Reine morte

MONTHERLANT

1

Lorsque Dune Benton fut trouvée morte sur la plage de Loch Ennyrd, sur la côte nord-ouest de l'île de Greenhill, la question se posa de savoir où l'enterrer.

À Londres, où la vieille dame résidait neuf mois de l'année, ses obsèques revêtiraient évidemment le caractère le plus grandiose, et cela bien qu'on fût encore en été. Plusieurs académies, dont celle de Suède, avaient télégraphié qu'elles s'apprêtaient à envoyer des représentants en cas de funérailles officielles. Robin J. Robin, l'éditeur des ouvrages de miss Benton, tenait pour assuré que la cérémonie serait retransmise par la télévision, surtout si l'on obtenait qu'elle se déroulât en la cathédrale de Westminster.

Mais ces solennités passées, Dune Emily Agatha Benton, livrée à la froide promiscuité d'un grand cimetière londonien, ne serait plus qu'une gisante parmi tant d'autres.

Qui viendrait se recueillir devant sa stèle, à supposer qu'on parvînt à découvrir celle-ci dans le dédale des tombeaux ?

Vous franchissez les portes de la nécropole dans l'intention généreuse de déposer quelques anémones sur la dalle de Dune Benton, vous jetez un regard au plan affiché derrière une vitre poussiéreuse, et vous vous hasardez en répétant à mi-voix : « Secteur B, allée 17, travée C-11, tombe 388 », mais déjà votre attention est happée par d'autres sépultures émouvantes, comme par exemple celle de cette jeune cantatrice morte d'une maladie de poitrine à la fin du XIXe. C'est un fait singulier, mais il n'y a pas de cimetière, que ce soit à Londres, Rome ou Paris, sans sa jeune cantatrice du XIXe avec, scellé dans le marbre funèbre, un médaillon montrant son visage si fin, si doux, à l'ovale admirable, aux lèvres pâles et entrouvertes. C'est proprement irrésistible, et je suis prêt à parier que vos anémones iront aussitôt à cette malheureuse petite. Après quoi, les mains vides et le cœur chamboulé, vous aurez oublié pour qui vous étiez venu.

Aussi, ne valait-il pas mieux renoncer aux fastes des obsèques quasi nationales et ensevelir Dune Benton dans l'humble cimetière de Greenhill Island dont elle serait l'orgueil ? La visite de sa tombe finirait par s'imposer au même titre que celle des grottes marines de Coughnor Point où l'on croit entendre, les jours de tempête, se lamenter la femme de l'amiral Berckeridge (1607-1659)[1].

1. Il est à noter que personne, au Royaume-Uni, ne donne pour certaine l'existence de l'amiral Berckeridge. Seuls les habitants de Greenhill Island lui vouent un culte immémorial. Le boucher de Greenhill, l'honorable Mr. Cairnbair, a même publié une monographie à propos de l'amiral.

Greenhill Island, où elle passait les trois mois d'été, avait toujours représenté pour la vieille dame l'épicentre du bonheur : « Même longtemps après avoir quitté l'île, avait-elle coutume de dire, ses ondes joyeuses continuent de m'atteindre, de faire naître en moi un de ces frémissements où se mêlent la nostalgie de ce qu'on a quitté et l'espérance d'y retourner bientôt. » N'était-ce pas répondre aux vœux de miss Benton que de faire en sorte qu'elle y résidât pour l'éternité ?

Un enterrement à Greenhill aurait cette touche de romanesque, de léger surréalisme qui caractérisait l'œuvre littéraire de Dune Benton, en particulier la série des *Aventures de Peggy* qui l'avait rendue célèbre et dont elle avait vendu près de cinquante millions d'exemplaires, assurant ainsi sa fortune et celle de son éditeur.

Le jour même du décès de la vieille dame, son fils sir Philip et sa belle-fille lady Patricia se transportèrent au cimetière pour déterminer l'emplacement de la tombe.

Il était environ quatre heures après midi. C'était la fin de l'été du point de vue du calendrier, mais déjà le commencement de l'automne à Greenhill Island qui est une des îles d'Écosse les plus septentrionales.

Par-delà les murets de pierres grises, on apercevait de beaux et lointains paysages où les bruyères des collines avaient déjà des couleurs de bronze. Les châtaigniers semblaient toujours aussi verts et vigoureux, pourtant leurs feuillages avaient perdu un peu de leur moelleux et l'on sentait quelque chose de plus sec et de crispé dans la tenue des feuilles.

Dans l'enclos du cimetière, près de la cabane où le fossoyeur rangeait ses outils, un chardonneret, les ailes ouvertes pour se maintenir en équilibre, s'agrippait à un chardon dont il picorait les graines. C'était encore un oiseau du beau temps, mais la clameur des corneilles autour de l'église évoquait des jours désormais plus courts, des bouffées de vents humides, et des brumes s'accrochant à la lande.

Le ciel n'était pas nuageux, mais comme sali par de longues plumes de vapeur. À l'horizon, la mer avait pris une coloration sanglante.

— Il pleuvra demain, dit lady Patricia, et cet enterrement sera sinistre. Pour peu qu'il fasse froid dans l'église, ce sera à pleurer.

Lady Patricia, appuyée un moment par Robin J. Robin, avait vivement défendu la solution des funérailles londoniennes. Elle envisageait avec humeur l'idée que chaque dimanche, au sortir de l'église, la première chose qu'elle verrait serait immanquablement la tombe de Dune Benton. Les paysans d'ici, qui redoutaient par-dessus tout d'être pris en défaut de politesse et de fidélité, ne manqueraient pas de s'agglutiner autour d'elle pour lui chanter les louanges de sa belle-mère. Elle serait bien forcée d'écouter, peut-être même de renchérir : Dune Benton était leur grande dame, la femme célèbre qui avait préféré leurs landes sauvages, leurs petits hameaux frileux et leur océan terrible aux douceurs de la Riviera. S'ils ne lisaient pas ses livres, ils se jetaient sur les magazines qui publiaient ses interviews : la vieille dame ne laissait jamais passer une occasion de répéter combien ce bout du monde l'enchantait, quelle était sa fierté d'avoir été acceptée comme l'une d'entre eux par ceux qui y vivaient ; et elle poussait l'habileté jusqu'à citer un nom ou un autre, elle avait même entonné tout un couplet à propos d'Arthur Stockerton, le gardien du phare, personnage éminemment niais et probablement d'une extrême perversité – eh bien ! la vieille miss Benton le trouvait charmant, et elle l'avait dit aux journalistes du supplément littéraire du *Times*.

Tout en écoutant d'une oreille distraite sir Philip discuter avec le fossoyeur de l'importance qu'il convenait de donner à la tombe (Dieu tout-puissant, pourquoi Philip voulait-il un si grand trou ? Songeait-il à ensevelir aussi les beaux meubles, les tableaux, l'argenterie qui avaient appartenu à sa mère ?), lady Patricia commençait à dresser des plans pour s'échapper de Greenhill Island et s'établir dans une ville honorable. Jusqu'à présent, l'état précaire de leurs finances l'avait retenue d'aborder le sujet avec Philip. Mais à présent que Dune Benton était morte, il y avait un testament qui pouvait tout changer.

Elle ne doutait pas que ce testament leur fût favorable, à Philip et à elle. Mais il lui faudrait attendre au lendemain soir pour en avoir la certitude, car son mari avait refusé de le rendre public avant les obsèques :

— Vu sa fortune considérable, ma mère va

nécessairement faire des heureux. Je n'ai rien contre le bonheur d'autrui, mais je préfère ne pas croiser trop de regards joyeux au moment où son cercueil descendra dans la tombe. Question de décence, il me semble.

« Il me semble » était l'expression favorite de sir Philip. Lady Patricia y voyait la manifestation de son caractère irrésolu.

— Combien de sucres dans votre thé, Philip ?

— Deux, il me semble.

Comment un homme pouvait-il arpenter cette terre depuis près de quarante-quatre ans et n'être toujours pas absolument certain du nombre de sucres qu'il souhaitait voir se dissoudre dans sa tasse de thé ? C'était un tic verbal d'autant plus horripilant que sir Philip, au fond de lui, savait fort bien ce qu'il voulait ; la preuve étant qu'il adoptait un air d'enfant puni – très réussi malgré un début de calvitie et un nez assez proéminent qui ne le faisaient pas vraiment ressembler à un bébé de publicité – aussitôt qu'on contrariait ses espoirs.

Maintenant qu'il avait perdu sa mère, sir Philip allait-il se résoudre à grandir ? Rien n'était moins sûr, songeait lady Patricia en le regardant déambuler à travers le cimetière et chasser du bout de son soulier la tête fanée d'un hortensia : sous prétexte de patrimoine littéraire à gérer, il se réfugierait probablement dans le souvenir ; il abandonnerait son métier de traducteur pour se plonger dans les œuvres de Dune Benton, s'acharnant à les faire publier dans des pays lointains (si lointains que leurs relevés de droits et leurs chèques n'atteindraient jamais cette autre extrémité du monde qu'était Greenhill Island), multipliant des éditions de luxe invendables dont il faudrait empiler les stocks un peu partout dans la maison.

De cette façon, l'ombre de la vieille dame continuerait d'assombrir la vie de lady Patricia. Et cette fois, elle envahirait le cottage jusque pendant les mois d'hiver. Comme dans un mauvais rêve, lady Patricia croyait déjà voir son mari bouquinant près du feu de tourbe, refermant son volume des *Aventures de Peggy* avec un petit sourire complice, levant les yeux sur elle, et disant :

— À propos, Patricia, ma chère, voulez-vous descendre jusqu'au bureau de poste ? Je sais qu'il fait un temps impossible, mais il faudrait envoyer ce livre aujourd'hui même à Donzella Lupanti, via Cristina, à Rome. Pourquoi, en effet, ne pas tenter une adaptation pour le cinéma des livres de maman ? La délicieuse Donzella ferait une Peggy plus vraie que nature, il me semble.

Encore heureux si Philip n'organisait pas des pèlerinages ou quelque chose dans ce genre, livrant le cottage à des meutes d'enfants mal élevés et sournois, à des hordes de maîtresses d'école excitées, piaillant comme des dindes :

— Pauvre, pauvre chère miss Benton ! Mais ici, du moins, n'est-elle pas tout à fait morte : on croit l'entendre, on croit la voir, on se persuaderait pour un peu qu'elle va entrer par cette porte bleue. Je suis convaincue qu'elle continue de hanter cet amour de maison – pas vous, Eleanor ?

Dune Benton devenue fantôme, faisant grincer

les portes à minuit, soufflant des courants d'air glacés dans la nuque des gens, ajoutant ses phosphorescences de spectre à la lumière déjà lugubre de Greenhill en hiver...

— Si c'est comme ça, je me tire, et vite fait !

Lady Patricia s'était exprimée à haute voix sans s'en rendre compte. Sir Philip se retourna, releva un sourcil :

— Que dites-vous, Patricia ?

— Pardonnez-moi, Philip. La fatigue, l'émotion. Une brusque envie de palmiers, de ciel bleu, de mer chaude. Et si nous partions quelques jours ? ajouta-t-elle en se tordant les mains dans l'espoir de se donner un air pitoyable. Beaucoup de gens voyagent, après un deuil.

— Il faut de l'argent pour voyager, il me semble.

— Le testament, souffla-t-elle.

— Allons, dit-il, essayons tous de garder les pieds sur terre.

Il avait parlé d'un ton las et plein de désillusion, comme s'il savait déjà ce que contiendrait le testament – comme s'il savait surtout qu'il n'y aurait dedans rien de réconfortant pour eux, rien qui pût changer leur vie.

— Nous reparlerons tranquillement de tout cela, ajouta-t-il. Allez m'attendre dans la voiture, si vous avez froid. Je voudrais en terminer avec Mr. Croft.

Croft était le nom du fossoyeur. Lorsque Patricia était arrivée dans l'île, jeune mariée délicate, un peu languide, effarouchée par les cris incessants et si rauques des goélands, se parfumant encore avec l'eau de Cologne qui avait été son parfum d'adolescente, Croft lui avait fait la cour. Du moins, la cour qu'un fossoyeur peut oser faire à une femme dont le mari tout neuf est une des personnalités du pays et l'héritier probable d'une des grosses fortunes du Royaume-Uni. C'est-à-dire que Croft s'était contenté de la serrer très fort en dansant avec elle lors du traditionnel bal en plein air de la fête de Greenhill, et d'incliner vers elle son visage d'une façon très burlesque, au point qu'elle lui avait demandé :

— Qu'arrive-t-il à votre tête et à votre cou, Mr. Croft ? Auriez-vous un torticolis ?

— J'essaye seulement de respirer votre haleine, avait-il dit, c'est ça, j'essaye d'en attraper un petit peu.

Patricia avait failli en tomber à la renverse – figure admise lorsqu'on danse le tango mais, en cet instant précis, Croft et elle suivaient une valse.

Ensuite, Croft avait insisté pour lui offrir un rafraîchissement à la buvette installée sous une grange. Elle s'était décidée pour du champagne, et l'avait aussitôt regretté car il était tiède et éventé. Elle s'était évertuée à faire naître quelques misérables bulles en agitant frénétiquement le manche d'une fourchette en plastique au fond de sa coupe. Croft en avait déduit que sa présence rendait la jeune femme nerveuse.

— Vous ne devriez pas être aussi tendue, avait-il reproché. Vous trouvez que je vous ai manqué de respect, c'est ça ?

— Mr. Croft, non, je vous assure. Vos manières m'étonnent un peu, voilà tout. Mais je veux bien que nous soyons amis, avait-elle ajouté en esquissant un sourire.

— Nous le serons. Vous lisez, quelquefois ? Moi, beaucoup. Les livres de votre belle-mère, bien sûr, mais aussi un tas d'autres. Eh bien, figurez-vous que j'ai découvert un conte où Andersen fait grand cas d'un homme de mon espèce – oui, un fossoyeur comme moi. C'est devenu mon histoire préférée. J'aimerais bien vous la lire, un jour.

Il avait désigné l'horizon :

— Nous irions nous asseoir là-bas, dans les collines. Il n'y a personne. Juste quelques chevaux sauvages.

— Je crois que j'aurais très peur des chevaux sauvages, s'était empressée de dire Patricia.

Alors, bien entendu, ils n'étaient jamais allés s'asseoir ensemble dans les collines et leurs relations en étaient restées là.

Mais Patricia n'avait jamais pu oublier le visage de Croft tordu vers ses lèvres entrouvertes. Ce visage criait tout le désir qu'un homme peut éprouver pour une femme. Dans le monde qu'elle venait à peine de quitter pour épouser Philip, ce désir existait aussi, mais il n'apparaissait jamais à découvert ; et quand il risquait de devenir aussi évident que sur les traits de Croft, on éteignait la lumière.

Que Croft fût fossoyeur avait conduit Patricia à associer le désir à quelque chose qui touchait de près à la mort. Découverte banale s'il en est, mais Patricia avait ce don – ou cette disgrâce, c'est selon – de s'émerveiller comme de se désespérer d'un rien.

Toujours est-il qu'elle s'était mise alors à haïr Greenhill Island et à prétendre qu'elle y avait peur.

Peu après la naissance de David, sous prétexte qu'elle se remettait plus mal que prévu de son accouchement, elle avait persuadé Philip de faire chambre à part pour un temps. Ni elle ni lui, depuis, n'étaient revenus sur cet arrangement. Patricia dormait mieux, mais elle continuait d'avoir peur.

Lorsque son mari la rejoignit et se mit au volant de la voiture, des nuages avaient obscurci le ciel. La lumière était tombée d'un coup, et sir Philip dut allumer les codes. Leur double pinceau livide balaya les dalles funéraires dont la plupart étaient couvertes de mousses et de lichens empêchant de déchiffrer les inscriptions gravées dans le granit.

Croft avait craché dans ses mains et empoigné sa pelle, et maintenant il attaquait la terre lourde, encore gorgée des pluies du dernier orage – celui-là même pendant lequel était morte Dune Benton.

— Passons par Kilmark Cliffs, suggéra lady Patricia.

— Je croyais que ces falaises vous impressionnaient ?

— Je n'en suis plus à une émotion près. J'ai envie de les voir encore une fois, avant qu'elles soient avalées par vos horribles brumes, dit-elle avec agressivité, comme si elle tenait sir Philip pour personnellement responsable des brouillards qui s'établissaient sur l'île dès la fin de l'été, si bien agrippés aux roches et aux genêts que même les vents d'équinoxe ne parvenaient pas à les en chasser.

À la vérité, lady Patricia aurait imaginé n'importe quoi pour rentrer le plus tard possible au cottage.

L'idée de s'activer dans cette maison où reposait une morte lui répugnait. Quelles étaient les règles en pareil cas ? Devrait-elle préparer un repas de pénitence, ne pas allumer les chandeliers sur la table, s'abstenir de sherry avant le dîner ?

De nombreux regards seraient fixés sur elle, guettant ses faux pas, les espérant peut-être.

— Philip, murmura-t-elle, pourquoi votre mère est-elle morte ?

Pour que sa question soit sincère et complète, elle aurait dû préciser : « Pourquoi est-elle morte ici, chez nous ? »

Sir Philip ne l'entendit pas ainsi, et crut que sa femme lui manifestait sa sympathie : depuis l'arrivée de Dune Benton, c'était la première phrase qu'elle prononçait sur un ton autre que celui de l'hostilité. Tout en engageant la voiture sur la route en lacet qui menait vers Kilmark Cliffs, il effleura le bras de lady Patricia :

— De toute façon, elle n'en avait plus pour bien longtemps. Son cancer évoluait. Le dernier bilan était franchement mauvais. J'ai découvert dans sa chambre une petite boîte noire contenant des ampoules : de la morphine, je suppose, en prévision des souffrances qu'elle sentait peut-être venir. Dieu s'est montré miséricordieux, conclut-il après un silence.

L'averse éclata alors, mais avec une telle soudaineté que sir Philip, surpris, n'eut pas le réflexe immédiat d'enclencher l'essuie-glace. Pendant un instant, on ne vit plus rien qu'un vaste ruissellement, ce fut comme si la voiture disparaissait dans les eaux tumultueuses d'une rivière.

— Quelle folie ! s'écria lady Patricia.

Faisait-elle allusion à la pluie ou à la réflexion de son mari à propos de la miséricorde de Dieu ? Il était incontestable que lady Patricia préférait un Dieu enclin à punir Dune Benton plutôt qu'à lui manifester sa divine indulgence : à son avis, la vieille dame avait eu sur cette terre sa part d'attentions délicates, de douceurs et de caresses – elle en avait même eu une si large part que c'était à se demander s'il en était resté pour les autres.

— Vous avez une curieuse façon de considérer les choses, dit-elle encore. Ne pensez-vous pas que votre mère ait pu avoir une agonie difficile ? Elle est morte sur une plage pleine de vagues, pas dans son lit. Il faisait nuit, il y avait l'orage, elle était seule. Je ne suis pas sûre que j'aimerais mourir comme ça si on m'en donnait le choix.

— Son visage était calme, il me semble. Son cœur a cessé de battre, voilà tout. Je ne crois pas qu'elle soit tombée. Elle a dû éprouver une immense lassitude, et se coucher. Elle n'était déjà plus de ce monde.

La route courait maintenant entre une double muraille de rhododendrons. À Greenhill, ces plantes proliféraient, atteignant les dimensions d'arbres véritables, s'enchevêtrant et formant une jungle luisante et sombre. Elles n'avaient rien à voir avec les massifs rabougris que les jardiniers s'efforcent de faire pousser à l'ombre d'un mur exposé au nord, qui se dessèchent et s'étiolent malgré mille soins. Ici, les rhododendrons étaient chez eux, géants et envahissant tout. L'île leur appartiendrait si un cataclysme anéantissait les hommes et les moutons, et on ne la leur reprendrait pas. C'était décidément une terre où l'instinct de propriété était exacerbé : de Dune Benton aux rhododendrons, tout organisme vivant semblait s'acharner à y établir une sorte de règne absolu.

À Kilmark Cliffs, lady Patricia voulut descendre de voiture en dépit de la pluie qui tombait sans discontinuer. Elle ouvrit son parapluie rose et s'éloigna de quelques pas en longeant le bord de la falaise.

Sir Philip se dit qu'elle lui rappelait certaine image d'un film de David Lean qu'il avait beaucoup aimé. C'était *La Fille de Ryan*. Il eut un tressaillement en songeant qu'aujourd'hui il aimait peut-être davantage ce film que sa femme.

Il arrêta l'essuie-glace, et la silhouette de lady Patricia se brouilla. Il n'y avait plus que la tache rose du parapluie qui fût à peu près reconnaissable.

C'est ainsi qu'elle disparaîtrait de sa vie, quand ils auraient enfin l'un et l'autre le courage de se quitter : les contours de tout ce qui avait constitué leur existence commune se perdraient, deviendraient une sorte de méduse floue flottant dans l'entre-deux-eaux de la mémoire. Ce ne serait ni plus triste ni plus accablant que ce jour pluvieux.

Sir Philip regarda par les vitres latérales moins exposées à l'averse.

La plage en contrebas des falaises s'arrondissait en croissant de sable d'une couleur maussade, striée par les longs filaments des algues brunes rejetées par la mer. Dans une des cornes du croissant, on apercevait la masse orangée d'un petit pneumatique aux deux tiers dégonflé – sans doute un jouet d'enfant dont les parents n'avaient pas voulu s'embarrasser, les vacances finies. Il y avait aussi, bousculée par les vagues contre un rocher, une mouette éventrée.

Sir Philip pensa qu'en d'autres circonstances son regard se fût attaché simplement à la beauté de cet endroit, l'un des plus sauvages de l'île. Mais son chagrin lui révélait ce qu'il y avait ici de mélancolique et de brisé. Il se demanda s'il en était ainsi partout, si l'on trouvait toujours dans un même lieu et au même moment à la fois des choses exaltantes et d'autres qui étaient lugubres. La réponse était probablement oui. Le monde ressemblait au cahier de coloriages qu'il avait acheté pour occuper David et ses cousines les jours de mauvais temps. Ce cahier comportait des pages en noir et blanc où seul était tracé le contour des dessins à colorier. Beaucoup de ces dessins proposaient des sujets pleins de gaieté : des clowns, des maisons fleuries, des voiliers sur la mer. La plupart des enfants coloriaient la mer en bleu et le nez des clowns en rouge, mais ce n'était là qu'une convention : rien n'empêchait de faire la mer d'un gris de plomb et de remplir de noir le nez des clowns.

Sir Philip ne tenait pas de journal intime, il n'était pas passionné d'introspection. Mais il aimait bien savoir pourquoi il était heureux ou malheureux.

À cette heure, il était sinistre. Toute la journée, son moral avait stagné très en dessous des normes. Mais il n'avait aucun motif de s'affoler, de redouter l'installation d'un état dépressif : ce que les psychologues appellent le travail de deuil produisait ses premiers effets, voilà tout.

Sir Philip savait que cet été serait le dernier que sa mère passerait dans l'île. Il s'était préparé au pire, mais pour le courant de l'hiver. Il avait eu la vision prophétique de la petite télégraphiste rousse du bureau de Greenhill pédalant dans la côte devant la porte, sonnant et lui remettant un télégramme qu'il imaginait ainsi libellé : « Dune décédée des suites longue et douloureuse maladie – stop – Funérarium déjà pris d'assaut par journalistes – stop – Hommage sera rendu ce mardi soir sur BBC 1 et Channel Four – stop – Sympathie et affliction – stop – Robin J. Robin éditeur. »

Et voici que quelque part dans l'organisme de la vieille dame, des rouages s'étaient emballés, précipitant les choses.

Lady Patricia n'avait pas eu tort de demander : « Pourquoi est-elle morte ? » On ne le saurait jamais. De même qu'on ne saurait jamais non plus ce que Dune Benton faisait au milieu de la nuit sur la grève de Loch Ennyrd.

C'était John McNeggan qui avait découvert le corps, à la lisière de l'écume et du sable. Il avait avalé en jurant une gorgée de genièvre, puis s'était penché pour prendre Dune Benton dans ses bras et l'allonger sur le plateau de sa charrette, à même son chargement de goémon détrempé.

Car McNeggan faisait profession de ramasseur de varech. Il récoltait les algues, les mettait à sécher, les broyait et vendait sa farine à des usines d'engrais horticole. Il n'avait besoin que de soleil et de vent, d'une meule en pierre, de sa charrette et du cheval qui la tirait.

Voir œuvrer McNeggan était un spectacle qui enchantait les rares touristes s'aventurant sur les rivages de Greenhill Island. Ils avaient l'impression de revivre plusieurs siècles en arrière. Ils s'extasiaient et prenaient des photos. Ils semblaient ahuris à l'idée qu'un homme d'aujourd'hui puisse encore gagner son pain en prenant tout bonnement ce que la marée déposait sur les grèves, et qui n'intéressait personne à part lui. Sans doute voyaient-ils en ce vieux McNeggan une sorte de descendant direct des hommes de la Préhistoire au temps où ceux-ci vivaient de cueillette.

En vérité, John McNeggan avait réellement quelque chose de préhistorique : des poils hirsutes mangeaient son faciès aplati, ses yeux s'enfonçaient profondément dans leurs orbites, il était un peu prognathe et les bras lui descendaient jusqu'à hauteur des genoux.

Mais il était aussi bon que laid. Il pleurait énormément en conduisant son attelage dégoulinant, promu au rang de corbillard, à travers les ruelles mal pavées de Greenhill. Bien qu'il fût très tôt encore, les volets s'ouvraient au passage de la charrette et les gens demandaient à McNeggan pourquoi il sanglotait ainsi. John McNeggan se contentait de désigner le corps de Dune Benton étendu sur le goémon, ballotté par les cahots.

Alors les gens s'habillaient et descendaient. Une sorte de cortège se forma ainsi, qui escorta la charrette jusqu'au cottage.

Tandis que sir Philip et Robin J. Robin portaient le cadavre à l'intérieur de la maison, McNeggan dit à lady Patricia :

— Prenez aussi les algues. Ce varech-là, milady, je n'aurai jamais le cœur à le vendre. C'est bon pour les hortensias, vous savez.

— Je vous remercie, dit lady Patricia.

Elle ne pleurait pas, elle, bien qu'elle eût aussitôt envoyé son fils David lui chercher un mouchoir.

La pluie s'estompait quand sir Philip et sa femme quittèrent Kilmark Cliffs. La route détrempée empêchant une conduite rapide, il était plus de dix-neuf heures quand ils arrivèrent au cottage.

Benton House était une maison de granit basse et longue, dont la façade présentait l'avancée de trois bow-windows assaillis par des clématites blanches. De hautes cheminées de brique brisaient la continuité du toit, et l'on voyait, à gauche, l'arrondi d'une tour d'angle – élément ayant appartenu à un château ruiné, acheté par Dune Benton avec ses premiers droits d'auteur, et dont elle avait fait sa chambre de réflexion ; dans cette tour naissaient les schémas des *Aventures de Peggy*, que miss Benton rédigeait au propre dès son retour à Londres :

« À Greenhill, je crée. À Londres, je me contente d'écrire. »

Alors que la plupart des maisons de l'île, même les plus malingres, donnaient l'impression d'avoir été fortifiées pour affronter les tempêtes, Benton House, en dépit de sa tourelle, était une demeure charmante, presque fragile et délicate, sans doute plus appropriée à une région d'Angleterre comme le Lake District ou le Kent. Au milieu des landes de Greenhill, elle avait quelque chose d'une enclave, d'une part de rêve dans la rude réalité quotidienne de cet extrême nord de l'Écosse.

Grâce à des apports massifs d'une terre moins revêche, Benton House possédait une admirable et vaste pelouse, plantée de fin gazon, qui descendait en pente douce jusqu'à la mer. Un muret de pierres sèches, qu'on appelait la Digue, brisait les vagues les plus fortes, et seules des pelotes d'écume jaunâtre venaient s'abattre sur la pelouse les jours d'ouragan.

Sir Philip rangea la voiture dans le garage qui se dressait au bout d'une allée de gravier, camouflé sous un fouillis de rosiers remontants où les fleurs rouge cerise des « Zéphirine Drouhin » se mêlaient aux grandes corolles rose uni des « Mrs. John Laing ».

— Le docteur Hadley est ici, s'étonna lady Patricia en notant la présence d'une Range Rover mouchetée de projections de boue. Vous lui aviez demandé de passer ?

Elle n'attendit pas la réponse, et enchaîna :

— Difficile, à présent, de ne pas le prier de rester

dîner ! Je ne pensais pas faire de viande ce soir, ajouta-t-elle, mais il faudra s'y résoudre si nous gardons Hadley.

Sir Philip ne répondit pas. Il éteignit les lumières de la voiture et descendit. Sur le seuil du garage, il s'immobilisa un instant, considérant Benton House.

Les fenêtres du salon étaient éclairées, et l'on voyait des silhouettes se profiler derrière les petits carreaux, tenant des verres à la main. Des filets de fumée claire s'échappaient des cheminées, montaient vers le ciel à nouveau dégagé. Dans le verger, le linge mis à sécher s'agitait sous les rafales de vent. Un caleçon long avait échappé aux pinces, il palpitait sur l'herbe.

Le seul signe de la mort de Dune Benton était ce volet, juste au-dessus du deuxième bow-window en partant de la droite. En principe, on ne le fermait jamais, même au plus fort des tempêtes. Les grandes clématites l'avaient comme scellé au granit et, pour le clore sur la chambre mortuaire, il avait fallu cisailler les tiges. Des fleurs blanches étaient tombées sur la pelouse, et personne n'avait encore songé à les ramasser.

Comme toutes les maisons anciennes, le cottage avait son parfum propre, qui s'était élaboré lentement au fil des ans.

C'était quelque chose d'à la fois rustique et raffiné, où dominait l'âcreté du feu de tourbe atténuée par la senteur de miel des cires dont se servait lady Patricia pour encaustiquer les meubles, les lambris, la rampe et la bordure de bois des marches de l'escalier, et aussi la collection de bilboquets vernis. En été s'y ajoutaient la fragrance des bouquets et, au retour des brouillards, l'odeur un peu piquante des chandails humides mis à sécher dans l'entrée.

Les effluves de la mer étaient singulièrement absents de cette demeure qui, pourtant, faisait face à l'océan.

Natalia Nikolaievna accueillit sir Philip et lady Patricia à la porte du salon. N'ayant évidemment pas prévu que Dune Benton pût mourir durant ce séjour, Natalia Nikolaievna n'avait pas emporté de vêtements de deuil. Elle s'était tout de même composé une tenue de circonstance, s'affublant de ce qu'elle possédait de plus sombre : habillée de la tête aux pieds de toutes les nuances de marron qui se peuvent imaginer, et qui faisaient ressortir l'excessive pâleur de sa peau et la maigreur de son corps, la Russe avait l'air d'un grand arbre maladif en proie aux mousses.

— Le docteur Hadley s'est arrêté en passant, annonça-t-elle. En redescendant de la chambre de miss Benton, il était tout agité. Il va mieux, maintenant. Je lui ai servi un whisky. Je ne sais pas si c'est convenable, mais je l'ai fait. J'en ai pris un, moi aussi.

Elle avait encore son verre à la main, dont le pourtour portait la trace de son rouge à lèvres, trop cramoisi et trop gras.

— Le fait est, dit lady Patricia, que je boirais volontiers quelque chose. Quelle pluie terrible, à Kilmark Cliffs !

D'un geste rapide, elle arrangea sa chevelure et entra dans le salon. Elle était de dos, à présent, mais sir Philip aurait parié qu'elle souriait : il y avait toujours eu une très bonne entente entre lady Patricia et le docteur Hadley. Sir Philip n'en prenait pas ombrage : après tout, lui aussi avait ses affinités.

— Que veut Hadley ? demanda-t-il à Natalia en se débarrassant de son imperméable.

La Russe n'eut pas à répondre, car le médecin sortait du salon en tenant affectueusement lady Patricia par les épaules, comme on protège une enfant. Sir Philip remarqua que sa femme était un peu pâle.

— Philip, dit Hadley, Patricia voudrait que je partage votre repas.

— Ça me fera plaisir à moi aussi. Permettez-moi d'insister.

— Je ne suis pas sûr d'être le bienvenu, fit Hadley en jetant un regard vers l'escalier qui menait aux chambres. J'ai une assez mauvaise nouvelle à vous apprendre. En tout cas, quelque chose de déconcertant. Puis-je parler devant Natalia Nikolaievna ?

Sir Philip, l'espace d'un instant, eut l'impression d'être un personnage d'une pièce de Tchekhov. Ce n'était pas seulement parce que le docteur Hadley avait prononcé le nom de Natalia Nikolaievna. C'était à cause de ce temps de demi-saison, de cette atmosphère de choses contre lesquelles on ne pouvait rien – ces choses irrémédiables comme la mort de sa mère, le désamour de sa femme, sans oublier le vent âpre qu'on n'empêcherait pas de s'infiltrer partout dans la maison.

— Natalia est une amie, dit-il. Vous savez combien ma mère et elle étaient proches. Eh bien, Hadley, quelle est donc cette mauvaise nouvelle ?

— Je me trouve dans l'obligation navrante de refuser le permis d'inhumer, dit le médecin. Il se pourrait que votre mère ne soit pas morte d'une crise cardiaque.

— Hémorragie cérébrale, alors ? fit sir Philip.

— Non plus, dit Hadley. Quand je l'ai examinée ce matin, elle portait un chemisier avec un col montant.

— Un col en dentelle de Hanovre, précisa Natalia Nikolaievna. C'est moi qui lui ai offert cette blouse. Elle l'aimait beaucoup.

— Toujours est-il, reprit Hadley, que l'idée ne m'est pas venue de déboutonner ce col. Je me suis contenté de constater le décès. J'étais trop bouleversé pour autre chose. Ce soir, je suis monté saluer une dernière fois miss Benton. On lui avait enlevé sa blouse.

— Oui, dit sir Philip. C'est moi qui l'ai fait. Cette guimpe était un vêtement si jeune, avec son petit col blanc ! J'ai trouvé cela puéril pour une morte. Je lui ai donc mis son chemisier prune.

— Lequel n'a pas de col, murmura Hadley. Alors, j'ai vu le cou de votre mère, Philip. Il porte des traces violettes. Des marques de strangulation, pour dire les choses comme elles sont.

— Hadley pense que Dune Benton a pu être assassinée, dit lady Patricia.

Il y eut un silence. Puis, en haut de l'escalier, apparurent David et ses deux cousines, Sheila et

Shirley. Tous trois s'étaient changés pour dîner. Le chien Angus était avec eux, il se précipita vers sir Philip pour lui faire des fêtes. De sa voix qui commençait un peu à muer, David le gronda :

— Sage, Angus ! Laisse papa. Et tiens-toi tranquille. Tu n'as pas l'air de comprendre que Mamy est morte.

Le chien s'assit sur son derrière et émit de petits jappements plaintifs. Depuis ce matin, on le rabrouait. Pourtant, l'absurde été sans intérêt déclinait bel et bien, et bientôt s'ouvrirait la saison de la chasse au renard. Angus semblait penser que personne n'avait le droit d'être morose alors qu'on allait vers la chasse au renard.

— Philip, demanda doucement lady Patricia, qu'allons-nous faire ?

— Appeler la police et demander un inspecteur, il me semble.

2

Le télégramme de Scotland Yard, émis par le département des Affaires Criminelles, toucha l'inspecteur principal John William Sheen à Venise où il assistait à une rétrospective en hommage au réalisateur Pier Paolo Pasolini.

Sheen n'était pourtant pas ce qu'il est convenu d'appeler un cinéphile averti. Et il n'aimait pas particulièrement l'œuvre de Pasolini, qui lui semblait présenter des aspects pour le moins brouillons et déconcertants.

Tant que Pasolini s'en tenait à sa vision marxiste de la société, Sheen le suivait volontiers bien que n'étant pas marxiste lui-même. Mais, se demandait-il en attendant le vaporetto, pourquoi Pasolini avait-il absolument voulu mêler à son discours politique, austère et amer, l'étrange miel de la mystique chrétienne – et cet autre miel, quelque peu trafiqué celui-là, d'un érotisme à base d'homosexualité, de sadomasochisme, voire de scatologie triomphante comme dans *Les Cent Vingt Journées de Sodome* ? L'inspecteur principal aimait trop les femmes, leur douceur et le parfum de leurs lotions de beauté, pour partager, même de loin et au nom de la tolérance, les fantasmes nauséabonds de Pasolini.

En réalité, la présence de John William Sheen à Venise était due au seul fait que Pier Paolo Pasolini était mort assassiné. Or Sheen était invinciblement attiré par tout ce qui concernait les assassinats, les assassinés et leurs assassins.

Il était à peine huit heures du matin. Le policier avait encore sur la langue le goût de farine tiède des gressins de son petit déjeuner. Une légère brume rose glissait sur le Grand Canal. Les premiers gondoliers du jour, longeant les quais en quête de clients, donnaient l'impression de marcher sur les eaux. Une odeur de jeunes fleurs s'ouvrant à la lumière dominait les fades effluves de la lagune. Au point d'arrêt du vaporetto pour le Lido, Sheen enviait les touristes qui n'avaient rien d'autre à faire que courir les ruelles, boire du vin blanc sur une piazza au soleil, entendre les chorales qui répétaient dans les églises, s'embrasser sur les ponts.

Lui, il n'aurait pas le temps de flâner.

Dans une trentaine de minutes, il devait assister à la projection d'*Accatone*, le premier film de Pasolini. Ensuite, il se dépêcherait d'aller déguster des roulades de San Daniele au bord de la piscine du Cipriani. Puis il reviendrait au Lido visionner *L'Évangile selon saint Matthieu*. Après, il y aurait *Mamma Roma*. Et la journée de l'inspecteur principal s'achèverait sur la terrasse de sa chambre de l'hôtel Luna à lire quelques-unes des chroniques que

Pier Paolo Pasolini avait écrites, au lendemain de la guerre, pour le journal catholique *Il Quotidiano*.

Sur l'embarcadère s'avança une femme de trente ans, mais qui portait des tresses comme une petite fille et des baskets aux lacets dénoués. Elle avait autour du cou un foulard de soie verte, ses yeux se cachaient derrière de grandes lunettes noires. Elle tenait à la main un écrin de velours parme. Elle l'ouvrit, l'orienta vers le soleil. L'inspecteur vit miroiter les feux d'un diadème serti de diamants.

— Magnifique, n'est-ce pas ? dit la jeune femme.

— Je ne voudrais pas vous déprimer, dit Sheen, mais vous ne le garderez pas longtemps si vous le montrez comme ça à tout le monde. Il n'y a pas un seul vaporetto sans son pickpocket attitré.

Elle lui sourit et referma l'écrin en le faisant claquer :

— Nous ne sommes pas encore sur le bateau, et vous n'avez pas vraiment l'air d'un voleur.

— Voulez-vous dire que j'ai l'air d'un flic ?

— Oh, il y a de la place entre les deux.

Elle pencha un peu la tête sur le côté, examinant l'inspecteur :

— Champion de golf, non ? Il paraît que ces gens-là gagnent un argent monstre. Vous me l'achetez ? ajouta-t-elle avec une soudaine tension. Vous m'achetez ce bijou, monsieur ?

— Je n'ai pas besoin d'un diadème, remarqua Sheen.

— Oui, ça je m'en doute. Mais moi, j'ai besoin d'argent.

Elle se rapprocha de lui. Son haleine avait quelque

chose de fiévreux, et il vit, sous le maquillage dont elle était barbouillée, quelques petits boutons. Mais elle avait de jolies dents, et ses narines palpitaient d'une manière qui émut l'inspecteur principal.

Il n'était pas difficile de deviner que cette jeune femme avait probablement subtilisé le bijou au cours de la nuit, dans quelque chambre de palace au bord du Grand Canal. À présent, elle était prête à brader le dangereux diadème à n'importe quel prix.

John William Sheen ne put s'empêcher de trouver furieusement drôle qu'elle l'ait choisi, lui. Cette erreur de la jeune voleuse et la charmante palpitation des ailes de son nez l'incitèrent à se montrer indulgent.

— Puis-je revoir l'objet ? demanda-t-il.

À travers ses grandes lunettes noires, elle jeta autour d'elle un regard furtif. Puis elle tendit l'écrin à l'inspecteur. Celui-ci l'ouvrit, dégagea le diadème qu'il laissa se balancer un instant au bout de ses doigts.

La jeune femme poussa un cri désespéré lorsque Sheen, d'un geste tranquille, laissa glisser la merveille dans l'eau du Grand Canal.

— Vous êtes fou ! gémit-elle.

— J'appartiens à Scotland Yard, dit-il.

Il se pencha pour observer l'engloutissement du diadème.

Déjà, sous l'eau glauque qui se refermait sur eux, les diamants perdaient de leur éclat. Encore quelques fractions de seconde, et le somptueux bijou ne serait plus qu'un objet perdu allant en rejoindre tant et tant d'autres dans la vase.

— Eh bien, soupira l'inspecteur principal, à présent je ne vois plus la nécessité de vous arrêter. Pas pour un stupide écrin vide, ajouta-t-il en lui restituant la longue boîte de velours parme.

Le vaporetto s'approchait de l'embarcadère. Sa lame d'étrave acheva de brouiller le reste de vision qu'on pouvait encore avoir du diadème.

Sheen s'effaça poliment pour laisser la jeune femme embarquer la première :

— Vous allez également au Lido, je suppose ?

Elle le dévisagea, éperdue, et secoua la tête :

— Je n'ai rien à faire au Lido. Et puis, comment irais-je ? Vous croyez peut-être que j'ai de quoi me payer un billet de vaporetto ?

— Évidemment, dit Sheen, ce serait malhonnête de votre part de voyager sans payer…

Il fit signe aux marins du vaporetto que ni lui ni la femme au foulard vert ne désiraient monter à bord. Il regarda le bateau s'écarter, s'éloigner dans la lumière entre les palais.

— Vous êtes pâle, dit-il à la jeune femme.

Il lui prit le bras. Elle se laissa faire. Il l'entraîna vers l'hôtel Luna. Il songeait que faire l'amour avec elle serait plus étonnant que la projection d'*Accatone*. Elle serait sans doute pleine de honte et de maladresse, il devrait l'apprivoiser.

Le concierge de l'hôtel Luna parut heureux de le voir :

— Mon Dieu, Mr. Sheen, j'allais tout juste envoyer un groom au Lido ! Un télégramme est arrivé pour vous, d'Angleterre.

Il baissa la voix et précisa :
— De la part de Scotland Yard, Mr. Sheen.
— Chose navrante, dit John William. Je pense que vous feriez aussi bien de préparer ma note.
Il se tourna vers sa jolie voleuse qui examinait les vitrines du hall, frôlant les minuscules serrures dorées de ses doigts aux ongles laqués d'un rose délicat.
— Gelsomina ?
— Olivia, dit-elle.
— Olivia, rectifia-t-il, nous n'aurons fort malheureusement que peu de temps : miss Benton a été assassinée.
Elle écarquilla ses grands yeux clairs – maintenant, elle avait ôté ses lunettes fumées :
— Qui peut bien être miss Benton ?
— Une vieille dame, dit John William. Elle a écrit tout un tas de petits livres pour les enfants. Ça lui a rapporté une assez jolie fortune. Elle possédait son avion particulier, un appartement sublime à Londres et un cottage dans une île au nord de l'Écosse – et c'est là-haut que je dois aller, misère du Ciel !
— Tout de suite ?
— Presque, fit l'inspecteur principal en entraînant la voleuse vers l'ascenseur.

John William Sheen quitta Venise par le train du soir. Olivia tint à l'accompagner jusque sur le quai. Elle pleurait. Sheen lui fit cadeau des lires italiennes qui lui restaient. Elle joua les femmes désintéressées et fit mine de les refuser :

— Qu'est-ce que tu veux que j'en fasse ?

— Tu t'achèteras des lacets tout neufs, et tu prendras le vaporetto autant de fois que ça te plaira.

— Je ne suis plus une petite fille à qui on offre un tour de manège, renifla-t-elle.

C'était pourtant comme une petite fille qu'elle s'était donnée à lui dans la chambre du Luna. John William Sheen ne se rappelait pas avoir jamais tenu dans ses bras un être aussi touchant qu'Olivia. Brûlante parce que sans doute un peu malade, elle l'avait cependant rafraîchi : pour la première fois, il s'était senti plus pur après l'amour qu'avant.

Des carabiniers arpentaient le quai, surveillant les pickpockets éventuels.

— Sois infiniment prudente, recommanda Sheen à la voleuse. Ne fauche que pour manger. La faim, c'est une bonne circonstance atténuante.

Elle lui sourit :

— Je mange si peu, John William. Tu as déjà oublié comme je suis mince ?

Il ne répondit pas. Elle s'approcha du wagon-lit bleu et or, désigna une fenêtre :

— C'est ton compartiment ?

— Il paraît que oui, dit-il en consultant son billet. J'ai la couchette du bas.

— Dans celle du haut, dit alors Olivia, il y a une femme. Elle est beaucoup plus belle que moi. Tu vas passer une excellente nuit.

Elle pivota et se sauva.

Il cria : « Olivia ! Olivia ! », mais elle était déjà perdue dans la foule.

Il songea avec amertume qu'il faisait un triste

métier. S'il avait été n'importe quoi d'autre qu'inspecteur à Scotland Yard, il aurait eu sur lui de quoi acheter un billet d'express pour Olivia. Au lieu de ça, il venait de la perdre – et Olivia elle-même allait se perdre car, dans la nuit sur la gare de Venise, elle ne résisterait pas à l'attrait d'un sac à main, d'une broche ou d'une étole ; alors les carabiniers la surprendraient, lui passeraient ces cruelles menottes en usage en Italie, l'emmèneraient, et sur son passage les gens lui feraient honte.

Il tenta une dernière fois de l'apercevoir, mais en vain.

Il monta dans le train, haïssant Dune Benton d'avoir eu la sottise de se laisser étrangler dans une île si glaciale, si brumeuse, si battue par les vents que, même avec beaucoup d'imagination, il ne réussirait jamais à y garder intacte la jolie mémoire de sa Vénitienne de trente ans, avec sa fièvre, ses tresses, ses baskets et sa bouche affamée.

John William Sheen s'arrêta sur le seuil du compartiment et s'inclina légèrement pour présenter ses excuses à la passagère de la couchette supérieure :

— Je ne devrais évidemment pas partager cette cabine avec vous. Mais si j'en crois le chef de train, c'est la dernière couchette disponible.

— Vous pourriez voyager assis, dit-elle en refermant une traduction en américain des *Chaises* de Ionesco.

— Il n'y a plus de places assises, fit Sheen d'un ton lugubre. On annonce qu'il va pleuvoir sur Venise, alors les touristes s'en vont.

La voyageuse haussa les épaules :

— De toute façon, je suppose qu'on n'y peut rien. Vous êtes là, et voilà tout. On m'avait prévenue que je pouvais être obligée, en dernière minute, de partager le compartiment avec quelqu'un. Ils gardent toujours un lit pour un administrateur de la Compagnie ou pour un diplomate. Lequel des deux êtes-vous ?

— John William Sheen, inspecteur principal, Scotland Yard.

Elle s'assit sur le rebord de la couchette, et se mit à balancer ses jambes. Elle perdit un escarpin bleu. Sheen le ramassa et le lui tendit. Elle le remercia d'un sourire.

— Est-ce qu'on va commettre un meurtre à bord de ce train ? demanda-t-elle avec un intérêt poli.

Il lui rendit son sourire :

— Ce n'est pas prévu. Mais si cela arrivait, avec moi vous ne risquez rien.

Le train partit. Sheen aurait aimé voir défiler le paysage de la gare, mais la voyageuse baissa le rideau en disant qu'elle n'aimait pas les gares ni, d'une manière générale, ce qui touchait au monde des chemins de fer.

— Savez-vous, interrogea-t-elle, comment ils appellent ces affreux portiques où sont accrochés les signaux ? Des potences…

John William Sheen ne manquait pas d'une certaine allure. Les petites rides qui s'étaient creusées depuis peu au coin de ses paupières lui donnaient l'air de quelqu'un ayant beaucoup plissé les yeux dans sa vie, soit pour s'être acharné à scruter l'horizon de la mer, soit pour avoir déchiffré un nombre insolent d'ouvrages imprimés en caractères minuscules. Il avait les lèvres fines et bien dessinées d'un amiral américain de la guerre du Pacifique, et portait des lunettes d'écaille blonde rappelant qu'un détective demeure un perpétuel étudiant, quelqu'un qui ne cesse de se présenter à des examens dont l'énoncé des sujets est une succession de pièges. Il était somme toute comme un duffle-coat réversible, il était deux hommes à la fois – aventurier et monacal – et voilà sans doute pourquoi il plaisait aux femmes.

C'est ainsi qu'après l'avoir dévisagé sans cesser de remuer ses pieds dont le gauche était resté nu, la voyageuse de la couchette du haut lui demanda de l'accompagner au wagon-restaurant.

La progression en direction de la queue du train fut un moment agréable pour l'inspecteur, car le balancement des wagons jetait parfois la femme contre lui. Elle avait dû se parfumer tôt ce matin, et plus rien depuis. Ne subsistaient de son parfum que des notes ambrées, opiacées, qui se mêlaient à l'odeur naturelle et chaude de son corps.

Au wagon-restaurant, le maître d'hôtel les traita comme des époux et non comme des amants de rencontre, et cela flatta John William d'être jugé digne d'avoir épousé une femme possédant autant de classe et de mystère que la voyageuse de la couchette du haut.

Tout en chipotant sa terrine de poisson sauce tartare, elle se présenta :

— Fräulein Derrenberg, de Munich. Je suis zoologiste, j'étudie la vie des phoques.

— Fascinant, approuva l'inspecteur.

Il avait aussitôt senti monter en lui ce sentiment de suspicion qu'il éprouvait, fût-ce hors du cadre de ses enquêtes, dès que quelqu'un prononçait une absurdité. D'un petit ton guilleret, il ajouta :

— Parce que Venise pullule de phoques, bien entendu ?

— Oh ! rien à voir, s'empressa fräulein Derrenberg, j'étais là-bas pour des vacances.

— Excellent alibi, dit machinalement le policier.

Quand cesserait-il de considérer les êtres qu'il croisait comme des coupables potentiels ? Ne pouvait-il admettre enfin qu'il y eût sur cette terre des personnes n'ayant rien à se reprocher ? Les pilotes de ligne sont capables de souper en face d'une inconnue charmante sans pour autant imaginer l'allure qu'elle pourrait avoir dans un uniforme d'hôtesse de l'air.

La conversation s'effrita, puis tomba tout à fait. Gênés de n'avoir plus rien à se dire, ils regardèrent par la fenêtre. Il pleuvait, une de ces petites pluies maussades si incongrues sous le ciel d'Italie, une averse tranquille et bien ordonnée comme il y en a dans les vieux films d'Antonioni.

Le plat suivant – du veau aux champignons – tardait à venir. Alors, fräulein Derrenberg déplia le *Bild Zeitung*. Bien qu'ignorant l'allemand, Sheen remarqua que le nom de Dune Benton figurait dans le titre d'un article de première page.

— C'est moi qui m'occupe de ça, dit-il en pointant l'index sur le journal.

Fräulein Derrenberg parcourut l'article en hochant la tête :

— Le meurtre n'est pas prouvé. Pour l'instant, on parle de présomptions. Il se peut que la vieille dame se soit elle-même serré le cou.

— Il semble impossible de s'auto-étrangler, remarqua Sheen. L'instinct de survie vous oblige à desserrer l'étreinte avant qu'il soit trop tard. C'est pour cela, d'ailleurs, que les gens se pendent : une fois que vous vous balancez les pieds dans le vide, plus question de dénouer la corde.

— Je ne pensais pas à un suicide, dit fräulein Derrenberg, mais à un malaise. Elle ne parvenait peut-être plus à respirer, l'air ne passait plus dans sa gorge. Alors, elle a appliqué ses mains sur son cou. Quand vous avez mal quelque part, vous avez aussi le réflexe de poser vos mains sur l'endroit douloureux et d'appuyer.

— Intéressant, dit l'inspecteur. Pour vous, miss Benton est morte d'une crise d'asthme ou quelque chose comme ça.

Il s'était exprimé sur un ton si désappointé que la voyageuse ne put s'empêcher de rire :

— Allons ! je n'en crois pas un mot. C'est bel et bien un assassinat, et je sens que cela va être passionnant. Est-ce qu'une enquête de ce genre ne ressemble pas à un jeu de société ?

— Dans presque tous les jeux, dit Sheen, on lance les dés. La chance a une part importante.

— Mais dans une affaire de meurtre aussi, inspecteur, la chance existe : la chance du détective, la chance du meurtrier. Le gagnant est celui qui aura eu finalement plus de chance que l'autre.

Il protesta qu'une enquête policière exigeait autant de rigueur scientifique qu'une étude sur la vie des phoques. Fräulein Derrenberg craignit de l'avoir froissé, et posa sa main sur la sienne :

— Pardonnez-moi. Et appelez-moi Isa.

Elle replia le *Bild Zeitung* et parla des phoques. Elle insista sur leur mode de reproduction, décrivant avec enthousiasme les rites de parade des mâles à la saison des amours, faisant presque siennes l'abnégation et la soumission des femelles. Elle dit que rien n'égalait cet instinct de se perpétuer – mais dans le plaisir – qui jetait ainsi des êtres vivants vers d'autres êtres vivants.

John William Sheen comprit parfaitement où elle voulait en venir. Il renonça au cognac qu'il avait commandé, et entraîna Isa vers leur compartiment commun.

Qu'est-ce qui peut empêcher deux individus sains, attirants et libres, de connaître l'extase en wagon-lit ?

La sinusite, essentiellement.

C'est une affection crucifiante qui, quand elle ne vous force pas à garder les yeux fermés, vous fait voir le monde sous son jour le plus noir. John William n'en avait jamais souffert, mais Isa l'éprouvait sitôt qu'elle se retrouvait dans une atmosphère confinée.

Vêtue d'un pyjama de soie jaune qu'elle inondait

de sa transpiration, le visage crispé par la douleur, elle supplia le détective :

— Encore une compresse chaude, John William ! Je sais que je vous embête avec ça, mais vous réussissez si bien les compresses chaudes.

C'était la cinquante-septième compresse chaude qu'il lui appliquait sur le front.

Sans résultat probant, puisque à quatre heures du matin, en passant Dijon dans un éclair, elle demanda qu'il lui fît une piqûre. Il lui enfonça l'aiguille dans le bas des reins, là où s'ourlait l'arrondi de la fesse, et elle jeta un cri léger. Elle avait une peau très blanche qui frémissait sous l'effet de la douleur, une peau très douce faite pour bien autre chose qu'une seringue chargée de liquide antibiotique.

John William frotta énergiquement la fesse piquée à l'aide d'un coton de démaquillage, et une écœurante odeur d'éther envahit le compartiment. En redescendant à tâtons la petite échelle permettant d'accéder à la couchette supérieure, l'inspecteur manqua un des barreaux recouverts de velours usé et se flanqua par terre.

Détestable comme la plupart des objets sitôt qu'on omet de les surveiller, l'aiguille de la seringue se ficha dans son avant-bras. John William hurla, et Isa Derrenberg le supplia de se montrer moins bruyant car elle espérait, à présent, réussir à s'endormir.

John William ne se rappelait pas avoir jamais vécu une nuit aussi frustrante.

Isa Derrenberg quitta le train à Londres, Victoria Station, tandis que John William en descendait lui aussi pour prendre, à Euston, la correspondance pour Glasgow.

Ils n'eurent pas le courage de s'adresser de grands signes d'adieu. Isa était abrutie par sa sinusite, John William tombait de sommeil. Ils se séparèrent comme on froisse un brouillon.

À bord du train pour l'Écosse, John William essaya d'oublier Isa et de se remémorer plutôt l'excellent moment passé la veille à l'hôtel Luna en compagnie d'Olivia.

Mais il n'y parvint pas. Le ciel était bas et gris, des fumées rousses montaient au-dessus des faubourgs de Londres, le vent les étirait ; c'était comme si la ville se relevait d'un assaut nocturne ; plus rien ne s'accordait au souvenir des palais de Venise, du ciel parfait, des membres ronds d'Olivia, des rubans verts attachant ses tresses.

À Carlisle, où il faisait un temps encore plus affreux qu'à Londres, le détective profita de la halte pour descendre acheter au tourniquet de la gare quelques volumes des *Aventures de Peggy*.

Les ouvrages étaient imprimés sur un papier médiocre, les illustrations des couvertures étaient affligeantes et leurs couleurs criardes. John William les dissimula sous son imperméable, comme il avait l'habitude de faire lorsqu'il se procurait des revues de charme. Par chance, il était seul à occuper son compartiment. Sans craindre les regards narquois d'un voisin, il put compulser à son aise cette littérature qui avait rendu miss Benton si célèbre et si riche.

Selon la métaphore à la mode, Dune Benton avait « ratissé large ».

La série des *Peggy* convenait en effet aussi bien à des petites filles en âge de sauter à la corde qu'aux jeunes femmes éprises de romans sentimentaux : c'était niais, doucereux et gothique. John William se dit que les sœurs Brontë et les Delly avaient finalement engendré davantage de disciples que Friedrich Hölderlin, même si ce dernier, par certains aspects, était aussi un « innocent ». Mais John William aimait Hölderlin, notamment *Hyperion ou l'Ermite de Grèce*.

La suprême habileté de Dune Benton avait été de situer les avatars de son héroïne dans le cadre farouche de Greenhill Island. La vieille dame s'y entendait comme personne à décrire la surgie de la lune blême (elle la qualifiait parfois de livide, mais l'idée directrice était la même) sur les landes, la rugosité cependant attendrissante des hameaux enfouis dans la brume, l'âpreté des senteurs dans le dédale des chemins creux. À chaque page revenait la notation d'une Peggy luttant contre le vent fou pour empêcher sa robe effrangée de se soulever et de découvrir des jambes que miss Benton laissait pressentir comme étant tout simplement exceptionnelles. Heureusement, Peggy était plus forte que le vent : les ouvrages y gagnaient en moralité, et ces effeuillages sans cesse remis à une prochaine rafale, un autre chapitre, un volume à suivre, conféraient au récit un réel suspense : oui ou non, verrait-on jamais les genoux de Peggy ?

Ce duel permanent entre la très jeune héroïne et les éléments déchaînés faisait à coup sûr le bonheur des dactylos écrabouillées par la presse inhumaine du métro de dix-sept heures trente. Cela vous donnait l'irrépressible envie de vivre ailleurs ; et si parfaites étaient les descriptions d'atmosphères que vous y viviez en effet.

Dans le fond, songeait John William, certaines lectrices devaient se procurer leur *Peggy* comme les pauvres enrhumés s'offrent ces petits nébuliseurs qui débouchent si bien le nez. *Peggy* était une thérapeutique efficace contre l'air vicié de Londres, ses relents de vase et de harengs tombés dans la bière.

Dune Benton peignait Peggy sous les traits d'une adolescente jolie mais peu préoccupée par les règles de l'hygiène, intelligente mais usant de ses dons essentiellement pour empoisonner la vie des autres, pudique mais aguicheuse, chantant comme un séraphin lors des services au temple mais glapissant d'une voix de crécelle sitôt qu'on osait la contrarier.

Bref, la chipie dans son éternelle splendeur.

Il était visible que miss Benton n'avait pour son héroïne que mépris glacé et furieuse envie de lui administrer quelques bonnes paires de gifles.

Sans nul doute, elle ne l'aimait pas.

Aussi, une vengeance de Peggy contre Dune Benton aurait-elle constitué un mobile tout à fait acceptable. Mais personne n'avait jamais entendu parler d'un personnage de fiction s'échappant d'un livre pour étrangler la romancière qui l'avait imaginé.

L'inspecteur principal en était là de ses réflexions lorsque le train s'immobilisa en gare de Glasgow. Il y faisait un temps plus abominable qu'à Londres et à Carlisle, mais, à en croire un contrôleur, c'était le paradis à côté des conditions météorologiques qui régnaient présentement à Édimbourg.

Un représentant de la police écossaise, le surintendant Harris Wabbit, attendait John William Sheen sur le quai. Pour qui sait que le mot « wabbit », en écossais, signifie exténué, le surintendant portait parfaitement son nom : jusque dans ses vêtements qui semblaient mourir sur lui comme la vague sur la plage, Harris Wabbit incarnait l'épuisement le plus total.

Il informa John William, d'une voix éteinte, qu'un mouvement de grève clouait au sol les avions assurant la liaison avec les îles :

— En conséquence, nous passerons la nuit à Glasgow et prendrons demain matin le train pour Thurso, et de là le bateau de Greenhill. Si, du moins, l'état de la mer le permet.

John William dit qu'il l'espérait bien, à quoi Wabbit répondit que, pour sa part, il souhaitait au contraire que la mer empêchât tout appareillage jusqu'à la reprise du trafic aérien : il avait une fois dans sa vie effectué la traversée maritime de Thurso à Greenhill, et il s'en souvenait comme d'une épreuve à la limite de ce que peut endurer un fonctionnaire de police.

Dès le lendemain, John William comprit ce que Harris Wabbit avait voulu dire par là.

Le navire s'appelait le *Tapsalteerie*, ce que l'on peut traduire par sens dessus dessous. Et à l'instar de Wabbit, lui aussi méritait son nom. Il donnait en effet l'impression navrante de vouloir à tout prix se retourner. S'il n'y parvenait pas, c'était parce que les vagues, après l'avoir bousculé sur un bord, le chargeaient aussitôt sur son flanc opposé et le remettaient ainsi à peu près droit. Cela convenait sans doute au *Tapsalteerie*, mais provoquait chez les passagers d'incoercibles nausées. Ceux-ci avouaient ne désirer rien tant qu'un chavirement définitif du bateau, événement qui aurait l'avantage de mettre fin à leurs souffrances.

Dès la sortie du port, John William acquit la certitude qu'il ne survivrait pas longtemps dans l'habitacle surchauffé, mal aéré, empuanti par des relents de gazole. Il annonça au surintendant Wabbit son intention de monter sur le pont.

— Faites comme vous voulez, dit Wabbit, mais on est aussi bien malade en haut qu'en bas. La seule différence c'est que sur le pont, en plus du mal de mer, on a très froid, on se fait tremper, et on a toutes les chances d'être emporté par une lame.

Il avait en partie raison. John William souffrit de nausées, grelotta, reçut dans le cou des giclées d'eau glacée qui dégoulinèrent le long de son dos jusque dans ses chaussettes. Mais, agrippé au bastingage avec une énergie assez proche de celle du désespoir, il réussit l'exploit de s'y maintenir jusqu'à voir se dessiner les contours de Greenhill Island.

Pour le voyageur qui les aborde par la voie maritime, les îles semblent surgir de la mer : là où il n'y avait rien l'instant d'avant, elles apparaissent, évidentes et subites.

Au contraire des autres, Greenhill Island ne surgissait pas de la mer, mais la continuait par une suite d'ondulations basses entre gris et vert, frangées par l'écume luisante des toitures. Les fumées s'élevaient du fond des vallons comme les panaches s'échappant des cheminées de quelque grand vapeur invisible dans son creux de vague.

Le *Tapsalteerie* stoppa sa machine et courut sur son erre, vers la digue de granit surmontée d'un phare qui signalait la passe d'entrée du port.

Venant de la terre, John William entendit alors des chiens aboyer, le crépitement d'un vélomoteur, des enfants qui riaient en sortant d'une école, et le tintement funèbre d'une cloche.

— C'est le glas, dit une voix derrière lui.

L'inspecteur se retourna. Il reconnut le vieux marin préposé à la manœuvre de la passerelle de débarquement. L'homme avait ôté sa casquette et la faisait rouler entre ses doigts.

— On sonne pour miss Benton, fit l'homme. Un glas le matin, un glas le soir. Et ainsi de suite jusqu'à ce que le monstre qui l'a étranglée soit attrapé et pendu.

— Jugé et emprisonné, corrigea John William Sheen. On ne pend plus les gens.

— Et on a tort, monsieur ! dit le marin. Avant

de s'acheter un avion, miss Benton faisait le trajet avec nous. Je l'ai bien connue. Elle n'était pas fière, pour une personne aussi riche.

— La richesse de Dune Benton..., murmura l'inspecteur principal. Elle aurait peut-être mieux fait d'écrire de meilleurs livres et d'en vendre moins.

Le *Tapsalteerie* passa au pied du phare. Là-haut, derrière les vitres de la lanterne, tel un poisson dans son aquarium, un étrange petit homme faisait des signes de bienvenue à l'adresse du bateau. Mais le vieux marin, au lieu de lui répondre, cracha dans l'eau.

— Monsieur, dit-il à John William, ne cherchez pas du côté du fric. Ce serait perdre votre temps.

— Où devrais-je chercher, alors, d'après vous ?

Le marin ne répondit pas. À cet instant, le soleil sortit des nuages. Il frappa l'île de plein fouet. Sur la pente d'une colline, vers le nord-est, de grandes fenêtres se mirent à scintiller.

— Benton House, expliqua le marin. Et là-bas, ajouta-t-il en désignant une échancrure de sable parsemée de rochers sombres, c'est la plage de Loch Ennyrd, le lieu du crime.

Une Rolls-Royce blanche descendait doucement la ruelle pentue menant au poste d'accostage du *Tapsalteerie*.

— L'auto de miss Benton, dit encore le marin. C'est la petite Barbara qui la conduit.

Bien que d'un modèle déjà assez ancien, la voiture contrastait étrangement avec l'air humble, renfrogné et quelque peu décrépit des maisons du port.

Le glas sonnait toujours.

3

Les cheveux de Barbara étaient d'un blond tirant discrètement sur le roux. Elle avait le nez sans doute un peu long, mais d'un dessin agréable. Sa bouche était peuplée de petites dents carrées, d'une blancheur mouillée. Ses jambes, enfin, étaient assez réussies, surtout ses genoux qui possédaient une rondeur enfantine. Malheureusement, elle avait de trop grands pieds.

En somme, il se dégageait de sa personne une impression d'ébauche pleine de promesses tenues à moitié. Aucun Londonien ne se serait retourné sur elle ; mais ici, dans cette île perdue, elle passait sans doute pour une assez jolie fille.

Elle se présenta avec amabilité aux deux policiers et dit qu'elle se nommait en réalité Louisa Marycott.

Mais miss Benton l'avait surnommée Barbara et, depuis, tout le monde l'appelait ainsi. Elle s'y était fort bien habituée et ne voyait pas la nécessité de revenir à son vrai nom, sauf quand elle se rendait dans sa famille qui habitait Southampton.

Elle ajouta qu'elle était désolée que deux inspecteurs aient pris la peine de se déranger pour une affaire qui n'en était pas une :

— Miss Benton était une femme âgée et diminuée par la maladie. Elle n'avait plus que quelques mois à vivre, le savait et voulait profiter de ce sursis pour… eh bien, nous dirions aujourd'hui : pour s'éclater.

— Est-ce ainsi qu'elle a passé ses derniers moments en… s'éclatant ? demanda l'inspecteur Sheen en s'asseyant à l'arrière de la Rolls.

— Oh ! certainement, dit Barbara. Elle a fait des tas de folies. Elle ne respectait plus son régime, elle ne prenait plus ses remèdes. Mrs. Harricks, l'infirmière que nous avons ici, devait lui faire une piqûre tous les soirs à six heures. Mais miss Benton ne voulait plus entendre parler de Mrs. Harricks. À tel point que la pauvre femme – Mrs. Harricks, je veux dire – s'était imaginé qu'on la récusait parce qu'elle infligeait des piqûres douloureuses. C'est tout juste si elle n'a pas sombré dans la dépression.

— Qu'est-ce qu'il y avait dans les seringues de Mrs. Harricks ?

— J'ignore le nom exact du produit. Il s'agissait d'une substance capable de ralentir la multiplication cellulaire. Ça ne guérissait pas le cancer, mais ça le freinait. Miss Benton avait supplié ses médecins de faire en sorte qu'elle puisse vivre jusqu'à Noël.

— Pourquoi ?

— Fin décembre, devait sortir le dernier volume des *Aventures de Peggy*. Miss Benton tenait beaucoup à être encore de ce monde pour le présenter à la presse. Parce qu'il était très différent de ses ouvrages précédents : dans ce livre-là, figurez-vous que Peggy prenait un amant. Une vraie révolution quand on songe que la série des *Peggy* était réservée aux enfants à partir de huit ans.

Barbara démarra la Rolls en souplesse et engagea la voiture dans la pente aux pavés disjoints, descellés à responsabilité égale par les eaux usagées dévalant du bourg et les assauts furieux de la mer aux jours d'équinoxe.

Comme beaucoup de ports strictement utilitaires où les yachts ne relâchaient qu'en cas d'extrême nécessité, Greenhill présentait mal.

— Dans ce livre-là, reprit la jeune fille, Peggy devait s'envoyer en l'air. Oui, carrément. Et avec un individu pas romantique du tout, plutôt une espèce de brute : Arthur Stockerton, le gardien du phare. C'est un horrible nain détestable, ajouta-t-elle, et il sent très mauvais.

— Ce livre existe-t-il sous forme de manuscrit ?

— Non, mais il était dans la tête de miss Benton. Elle n'aurait eu aucun mal à le mener à terme, une fois à Londres. Il lui suffisait de mettre son visage dans ses mains, de se concentrer, de se laisser aller, de se rappeler ce qu'elle avait mijoté – et de dicter.

— À qui dictait-elle ?

— À Natalia Nikolaievna. Une vieille Russe au cou de cigogne, à la fois sa secrétaire et son esclave.

John William Sheen et le surintendant Wabbit regardaient avec étonnement le paysage qui défilait derrière les vitres de la voiture.

L'un et l'autre avaient mené des enquêtes dans des lieux qui semblaient avoir été créés tout exprès pour accueillir cette forme d'aberration qu'est la mort d'un être humain préméditée, organisée, exécutée par un autre être humain. Ils avaient erré dans des faubourgs sordides, escaladé nuitamment des escaliers de ferraille qui se balançaient au-dessus de vides vertigineux, pénétré dans des taudis tellement immondes qu'ils y cherchaient d'abord la présence d'une bête et n'en revenaient pas d'y trouver des familles blotties – mais avec, c'est vrai, des regards d'animaux traqués. Ils avaient des souvenirs de docks poisseux, d'entrepôts nauséabonds, d'hôtels lamentables et de voitures où ils somnolaient, faisaient du thé, épluchaient des fruits en attendant qu'un suspect se décide à quitter sa tanière. Certains petits matins puaient allégrement la bière rance, la fumée de Navy Cut, l'haleine fade, le brouillard et la rouille.

À l'inverse de ces décors qui leur étaient devenus familiers, Greenhill Island paraissait indigne d'un meurtre. Ou alors à une autre époque, au XIXe siècle peut-être. Ne venait-on pas s'exiler à Greenhill pour échapper aux fureurs de la civilisation ? La sauvagerie même de l'île, se disait John William Sheen, devait fonctionner un peu à la manière d'un nid d'ouate. On n'imaginait pas un criminel moderne venant s'y poser pour y couver un assassinat. C'était presque une faute de goût.

— Jusqu'ici, dit Wabbit comme s'il avait lu dans les pensées de l'inspecteur Sheen, nous n'avons jamais eu l'ombre d'un problème avec les gens de

Greenhill. Quelques bagarres d'ivrognes, mais rien de plus conséquent.

— Précisément, fit Sheen, la mort de miss Benton ne pourrait-elle pas être le fait d'un rôdeur plus ou moins ivre ? Un individu comme ça est capable de serrer le cou d'une femme en croyant s'accrocher à son réverbère familier.

— Sauf qu'il n'y a pas le moindre réverbère à Greenhill, fit Harris Wabbit du ton le plus morne qu'il réussit à imposer à sa voix déjà noyée. Quand la nuit tombe, allez vous mettre au lit et renoncez à tout espoir d'entrevoir quoi que ce soit avant le matin. Ici, passé l'heure du thé, c'est le néant dans toute sa splendeur.

Dans le rétroviseur, Barbara croisa le regard de John William :

— De toute façon, inspecteur, avant de vous préoccuper de savoir qui a pu tuer miss Benton, posez-vous la question suivante : qu'est-ce que la vieille dame faisait dehors, sur la plage de Loch Ennyrd, au milieu de la nuit ?

— C'est quelque chose qui vous surprend ?

— Plutôt, oui. Nous avons tous l'habitude de nous coucher tôt. Sauf les pêcheurs qui vont vérifier les amarres de leurs bateaux quand le vent souffle du sud-ouest. Miss Benton attendait patiemment le pudding, en grignotait quelques miettes, puis nous souhaitait le bonsoir et s'empressait de gagner sa chambre. Abrutie par les drogues, elle sombrait aussitôt dans un profond sommeil. L'idée qu'elle se promène la nuit au bord de la mer est tout simplement stupéfiante.

John William Sheen sourit. Barbara semblait loin d'être sotte, et se montrait gentiment coopérative.

Bien sûr, il se rappela que les assassins sont aussi les témoins les meilleurs. Mais il se hâta de chasser cette pensée. Il n'avait aucune envie que Barbara, alias Louisa Marycott, fût la coupable. Dans sa cosmogonie, les jeunes filles étaient faites pour danser le rock'n'roll, piloter de minuscules et rageuses petites autos rouges, sentir bon, tricher au gin-rummy et se lécher les lèvres de façon impertinente en regardant les hommes.

Lady Patricia s'était longuement interrogée : comment convenait-il qu'elle reçût les envoyés de Scotland Yard ?

Devait-elle les traiter comme des fonctionnaires missionnés pour venir fourrer leur nez dans ses affaires, et ne leur manifester donc qu'une politesse de façade, ou bien, après avoir considéré le mal qu'ils s'étaient donné pour rallier Benton House, allait-elle les accueillir comme des invités de marque ?

Robin J. Robin, qui ne semblait pas avoir bien compris que Dune Benton quittait à jamais la rubrique mondaine pour apparaître dans les notices nécrologiques, parlait d'organiser une sorte de cocktail impromptu où l'on aurait convié les notables de l'île et les correspondants locaux du *Times* et du *Daily Mirror*.

David, qui allait voir et toucher de vrais policiers pour la première fois de sa jeune vie, souhaitait qu'on installât pour eux deux matelas dans sa chambre et suppliait surtout qu'on l'autorisât à dîner à table avec eux.

Sir Philip, comme de bien entendu, n'avait pas d'opinion :

— Faites pour le mieux, Patricia. Je m'en remets à vous. Ce sera certainement parfait, il me semble.

Lady Patricia en était venue à la conclusion que, dans cette atmosphère lugubre due conjointement à la présence du cadavre de sa belle-mère et au temps détestable, l'arrivée de John William Sheen et de Harris Wabbit ferait une diversion agréable. Elle décida de mettre les petits plats dans les grands et convoqua d'urgence Mrs. Selingwood, une fermière qui lui prêtait la main les jours de réception. Mrs. Selingwood fut priée de demander à Mr. Selingwood de bien vouloir arracher quelques salades de son potager et tuer un mouton.

C'est ainsi que John William Sheen et Harris Wabbit, en passant le seuil de Benton House, reconnurent une odeur de gigot qui dominait le parfum quelque peu entêtant des gerbes, raquettes et couronnes mortuaires encombrant le hall, ce dont ils conçurent un vif plaisir qu'ils eurent toutes les peines du monde à dissimuler.

Un feu somptueux brûlait dans la cheminée. À titre exceptionnel, lady Patricia avait remplacé les bûchettes de tourbe par du bois de haies donnant de hautes flammes claires, pétillantes.

Lady Patricia portait une longue robe de laine d'un grenat très dense et s'était privée de bijoux.

Les cils pudiquement baissés, les gestes ralentis, elle avait l'air d'une jeune victime des religions anciennes et cruelles, d'une princesse inca ou d'une Iphigénie promise aux couteaux des prêtres.

Une cravate longue, mince et noire, barrait le plastron de sir Philip. Et, étrangement, lui-même paraissait long, mince et noir.

David arborait un brassard de deuil au bras gauche. Il le tripotait sans arrêt, comme s'il se fût agi d'un insecte importun qu'il aurait voulu chasser.

Robin J. Robin jouait machinalement avec une laisse de chien dont il se fustigeait les cuisses.

De tous ceux qui étaient présents dans la pièce, Natalia Nikolaievna était la plus funèbre. Elle avait poudré son visage jusqu'à le rendre mat et crayeux. Ses yeux très saillants et très pâles faisaient songer aux iris de verre qu'on enfonce dans les orbites des bêtes naturalisées.

Barbara se chargea des présentations. John William Sheen regardait voltiger les mains de la jeune fille. Elles devaient être aussi douces que la carrosserie parfaite de la Rolls-Royce blanche, la tiédeur en plus.

— Messieurs, dit sir Philip en versant à boire à John William Sheen et à Harris Wabbit, j'espère que ce séjour forcé vous sera le moins désagréable possible. Vous n'aurez heureusement pas à vous éterniser dans notre méchante petite île. Je crois avoir été un peu impulsif en faisant appel à Scotland Yard.

— C'était votre devoir, dit l'inspecteur principal.

Sir Philip esquissa un sourire :

— « C'était », en effet.

— Je ne comprends pas, fit Wabbit en accomplissant l'effort extrême de hausser un sourcil.

Robin J. Robin cessa de jouer avec la laisse du chien et dit :

— Il y a du nouveau. Ça ne fait que confirmer ce que, pour ma part, j'ai toujours su : il n'y a pas la moindre « affaire Dune Benton ». Philip, ajouta-t-il en se servant une nouvelle rasade de sherry, montrez plutôt le document à ces messieurs.

Sir Philip sortit de sa poche un papier plié, l'ouvrit, le défroissa du plat de la main et le posa sur la table basse – une épaisse plaque de verre mordoré supportée par quatre défenses d'éléphants.

C'était une feuille quadrillée, visiblement arrachée à un cahier d'écolier.

— « La mort est si proche, lut l'inspecteur principal, pourquoi la faire attendre ? Je me tuerai cette nuit. Dune Benton. »

Il y eut un silence. Un homme était entré dans le hall, apportant une nouvelle couronne de fleurs. À travers la porte, on l'entendit annoncer que le vent soufflerait bientôt en tempête et qu'il espérait bien ne plus avoir à monter jusqu'à Benton House. De fait, il commençait à pleuvoir dru. Fouetté par l'averse, le carreau d'une fenêtre jouait dans son cadre. John William Sheen se demanda combien il en coûtait d'entretenir ce genre de cottage sous un climat aussi dévastateur.

— Ainsi, dit-il enfin, miss Benton se serait suicidée ?

— Ce papier le prouve, non ? fit lady Patricia.

— Est-ce l'écriture de votre mère ? interrogea John William en rendant le message à sir Philip.

— Apparemment oui, il me semble.

— Apparemment ? releva l'inspecteur.

— Ma mère dictait ou tapait à la machine. Il était rare qu'elle se servît d'un stylo. Et alors, comme la plupart des personnes qui n'écrivent jamais à la main, elle changeait d'écriture. Je suppose qu'une analyse graphologique…

Harris Wabbit désigna John William :

— Rassurez-vous, l'inspecteur principal est très calé en graphologie.

— Oh ! je ne suis qu'un amateur, protesta John William avec modestie.

— Personnellement, intervint Robin J. Robin, j'appuie sans réserve l'hypothèse d'un suicide. C'est navrant, bien sûr, mais les malades incurables, en abordant la phase terminale de leur mal, ont souvent des réactions désespérées. Dune avait horreur de vieillir. Mourir – et mourir en souffrant – devait lui être encore plus intolérable. C'était une nuit venteuse, à peu près aussi sinistre que celle-ci. D'habitude, à cette époque de l'année, Dune avait déjà regagné Londres. Elle n'aimait pas les fins de saison, surtout pas la fin de l'été. Elle avait une sorte de dégoût de tout ce qui s'achève. Par exemple, elle se levait de table avant que les assiettes soient pleines de petits restes et qu'il y ait des miettes et des taches partout sur la nappe. Sans doute a-t-elle été secouée par une crise dépressive plus intense que les autres. Et elle n'a pas résisté à la terrible tentation.

Il se tut brusquement, gêné d'avoir tant parlé dans une maison où, depuis que John McNeggan avait ramené le cadavre de Dune Benton, chacun s'exprimait à mots couverts – ou, mieux, ne s'exprimait pas du tout.

— Cette année, questionna Sheen, pourquoi a-t-elle prolongé son séjour dans l'île ?

— Son nouveau roman n'était pas au point, dit Robin J. Robin. Le dernier chapitre ne la satisfaisait pas encore. Ce livre était si différent de tous ceux qu'elle m'avait donnés !

Il avait dit cela d'un ton singulier, et Sheen releva aussitôt qu'il paraissait regretter cette différence.

— J'étais déconcerté, avoua l'éditeur.

— Dune Benton était votre meilleur auteur ?

— Qu'entendez-vous par « meilleur », inspecteur ?

Sheen se contenta de sourire. Robin J. Robin hocha la tête :

— Eh bien, je reconnais les faits ! Ce n'est pas un crime, après tout. Il est vrai que Dune faisait à elle seule cinquante pour cent de mon chiffre d'affaires.

— Elle avait beaucoup de talent ?

— Elle avait surtout du métier, inspecteur. Un métier infini. C'est une des formes les plus respectables de ce qu'on appelle généralement le talent. À propos, comme vous finirez par me poser la question, permettez-moi d'y répondre par avance : oui, inspecteur, le suicide de Dune est pour moi une catastrophe.

— Croyez-vous, Mr. Robin ? Certaines œuvres continuent à se vendre longtemps après la disparition de leur auteur. Voyez notre chère Agatha Christie.

— Il n'y a eu et il n'y aura jamais qu'une seule Agatha Christie, fit l'éditeur. Benton et Christie ne sont pas comparables. On ne meurt pas, dans les bouquins de Dune. On ne s'embrasse même pas sur la bouche. Le sang se vendra toujours. La guimauve, c'est une mode.

John William Sheen ne répondit pas. Il dévisageait les proches de Dune Benton rangés de part et d'autre de la grande cheminée comme les santons d'une crèche. Ils avaient l'air soulagé. À leur place, Sheen pensait qu'il aurait éprouvé au contraire un violent désespoir : n'était-il pas effrayant de songer qu'on n'a pas su empêcher quelqu'un de mourir, qu'on dormait tranquillement tandis que cette pauvre personne accablée longeait un rivage dans la nuit, cherchant un moyen de mettre un terme à son existence ?

— Mrs. Selingwood ne devrait pas tarder à annoncer que le dîner est servi, fit lady Patricia. Je suppose que Mr. Sheen et Mr. Wabbit désirent auparavant voir la chère vieille dame ?

Elle avait dit cela du ton dégagé sur lequel on propose la visite du jardin d'hiver.

Une lampe à parfum brûlait dans la chambre lambrissée où reposait Dune Benton. Sa petite flamme de veilleuse, tremblante et bleuâtre, était la seule lumière.

Coiffée d'un bonnet de dentelle ancienne dont les longs rubans se nouaient sous son menton, vêtue d'une robe démodée mais charmante qui lui descendait aux chevilles, chaussée de bottines en chevreau et les mains gantées, Dune Emily Agatha Benton ressemblait à une poupée. Son teint, qui avait tourné à l'ivoire, renforçait encore cette impression.

Sheen abaissa un interrupteur. Toutes les lampes disposées à travers la pièce s'allumèrent en même temps, dispensant une lumière violente et presque choquante. La blancheur du lit devint aveuglante.

Sir Philip, après avoir ouvert la porte, s'était arrêté sur le seuil de la chambre. L'inspecteur principal se tourna vers lui et dit doucement :

— Mon devoir est de vous prévenir : notre arrivée à Greenhill risque d'entraîner un certain nombre de choses désagréables. Je vais être dans l'obligation pénible de réclamer une autopsie.

Sir Philip pâlit, et une de ses mains s'accrocha au chambranle :

— Je ne comprends pas, inspecteur. Il s'agit d'un suicide.

— Le croyez-vous vraiment ?

— C'est évident. Il y a cette lettre de ma mère.

— Où l'avez-vous trouvée ?

— Au fond d'un tiroir. Je cherchais le testament.

— En principe, dit Sheen, les personnes qui laissent de tels messages ne les enfouissent pas dans une commode. Elles s'arrangent plutôt pour les placer bien en vue.

Il s'approcha d'une table fine, au plateau de

citronnier blond. Il y avait là un bloc de papier à lettres. L'angle gauche de chaque feuillet était frappé à l'en-tête de Benton House.

— Pourquoi votre mère n'a-t-elle pas utilisé ce bloc-ci ? reprit l'inspecteur. Elle l'avait sous la main, et il semble que ce soit son papier à lettres personnel, je me trompe, sir Philip ?

— Non. Où voulez-vous en venir ?

— Je cherche à comprendre. Pourquoi avoir déchiré une feuille de cahier ? Le papier quadrillé sur lequel elle vous a laissé son dernier message est vulgaire et grossier. La plupart des écrivains ne sont-ils pas très pointilleux, et même maniaques, à propos du matériel dont ils se servent pour rédiger ?

— Dans l'état de confusion mentale où elle devait se trouver…

— Confusion mentale ? Les désespérés n'ont pas du tout l'esprit confus, sir Philip. Au contraire, ils préméditent et exécutent leur mort avec une lucidité confondante. Tout est pesé, calculé.

— Vous n'allez pas réfuter le suicide à cause d'un morceau de papier ! Pardonnez-moi, inspecteur, mais je pense que ce n'est pas très sérieux…

— De toute façon, intervint Harris Wabbit qui jusqu'à présent n'avait rien dit, il y a ces traces curieuses sur le cou de miss Benton, et qui ont alerté le docteur Hadley.

— De simples hématomes, dit sir Philip. Ma mère était devenue d'une fragilité extrême. Un rien marquait sa peau.

— L'autopsie nous apprendra ce qu'il en est.

— Et si je refuse qu'elle ait lieu ?

— C'est désormais à la police de décider ce qu'il convient de faire, répondit Sheen.

— Il y a un problème, insista sir Philip. Ici, à Greenhill, vous ne trouverez pas un médecin habilité à pratiquer une autopsie.

— Le surintendant Wabbit prendra des dispositions pour faire transférer le corps à Thurso dans des conditions de décence absolue.

En réalité, John William Sheen n'était pas sûr du tout que cela fût possible. Mais le simple fait de prononcer le mot « décence » lui procurait ce soir un bien-être délicieux, vaguement comparable à ce qu'il eût éprouvé en plongeant son corps dans un bain chaud et parfumé.

Là-dessus, on entendit l'excellente Mrs. Selingwood trottiner dans le hall et, de sa voix perchée, annoncer que le gigot était sur la table.

Lady Patricia n'avait pas poussé l'hospitalité jusqu'à proposer d'héberger Sheen et Wabbit à Benton House.

Il y avait déjà trop d'étrangers dans ce cottage dont elle avait autrefois rêvé d'être la seule occupante en compagnie d'un époux à sa dévotion et d'une gouvernante à son service – ou le contraire, pourvu qu'elle fût adulée et n'eût à peu près rien à faire.

Elle s'était contentée de retenir, à l'auberge du Chevalier rouge et les deux canards, deux chambres donnant sur le jardin.

Sheen et Wabbit s'y rendirent à l'issue du dîner,

par l'étroit chemin de terre qui dévalait jusqu'à l'orée du bourg.

On les avait munis de lampes de poche. Ainsi purent-ils admirer les prémices de la tempête qui se levait sur l'île. La lande qu'ils durent traverser présentait un aspect échevelé et blafard. Des bêtes gluantes leur partaient dans les jambes – Harris Wabbit pensait qu'il pouvait s'agir de crapauds, mais il n'osait l'assurer – et des insectes affolés, agonisants, venaient s'écraser sur leur visage.

Théoriquement, ils n'avaient qu'à suivre le sentier. Mais il n'y avait plus de sentier : le vent et la pluie l'avaient fait disparaître, le noyant sous des trombes d'eau et des débris végétaux. Après quelques minutes d'une progression exténuante, John William Sheen et Harris Wabbit s'écartèrent du chemin sans s'en apercevoir. Ils n'en prirent conscience qu'en sentant la caresse humide et froide des fougères monter jusqu'à leurs genoux.

— Mon vieux, hurla alors Wabbit pour dominer le ululement rageur de l'ouragan, je crois que nous nous sommes égarés !

D'une part parce que leurs lampes s'étaient éteintes faute de piles encore en état de dispenser une quelconque énergie, d'autre part parce qu'ils avançaient courbés en deux et ne distinguaient réellement que l'extrémité de leurs souliers, ils furent un long moment dans l'incertitude de retrouver la sente.

Ils essayèrent plusieurs procédés conventionnels, comme de se fier aux étoiles ou à la direction d'où soufflait le vent. Mais les étoiles s'éclipsaient sous des nuages tumultueux qui accouraient en roulant sur eux-mêmes et le vent, pris de folie, s'était mis à tourner de façon déraisonnable, occupant les quatre points cardinaux à la fois.

Enfin, Sheen aperçut une lueur jaune qui palpitait sur un rythme irrégulier, tantôt découverte et tantôt masquée par les nuées qui assaillaient l'île.

— Benton House, dit-il, les lumières du salon ! Je commence à comprendre ce que voulait dire la jeune Barbara : il fallait en effet une motivation d'importance pour jeter miss Benton, à son âge et dans son état, hors de ce nid douillet et la lancer dans une pareille tourmente…

Harris Wabbit le regarda, incrédule :

— La nuit où elle est morte, vous croyez que c'était le même enfer ?

— C'était pire, assura l'inspecteur principal.

Il n'entreprenait jamais une enquête sans s'être au préalable informé du temps qui régnait à l'heure supposée du crime. Il était persuadé que les conditions atmosphériques influaient grandement sur les pulsions des êtres humains ; or, même si le caractère extrême de certains meurtres pouvait en faire douter, assassins et victimes appartenaient à la même triste et influençable lignée humaine.

La nuit de la mort de Dune Benton, un fort courant perturbé d'ouest circulant en bordure d'un anticyclone situé sur le proche Atlantique avait intéressé l'archipel. En certains points de la côte, le vent avait soufflé jusqu'à soixante-dix nœuds.

Toutefois, s'il existait une relation quelconque entre les éléments déchaînés et le décès de la vieille romancière, elle échappait encore à John William Sheen.

— J'admets tout à fait qu'elle ait eu envie de se tuer dans une ambiance pareille, gronda le surintendant Wabbit. Je ne suis pas loin d'avoir les mêmes idées morbides. Au moins, ajouta-t-il en épongeant d'un mouchoir détrempé son visage ruisselant de pluie glaciale, il ne pleut pas dans un cercueil !

— Miss Benton n'est pas encore dans son cercueil, remarqua Sheen, et il s'en faut de beaucoup.

Une autre lumière scintillait à présent, loin sur leur gauche, lançant un bref mais puissant éclat blanc toutes les cinq secondes. C'était le phare de Greenhill Island, dont le faisceau crevait enfin la boucaille.

— J'ai la certitude qu'on l'a tuée, reprit John William Sheen. Elle n'a pas quitté le cottage pour une promenade de santé. C'était une nuit à ne pas mettre une vieille dame dehors. Pourtant, d'après les premières constatations, elle portait des escarpins à boucles importés d'Italie, une robe en satin bleu marine, un chemisier de soie d'un bleu plus clair et de longs gants comme on en mettait autrefois pour aller au bal. Ce n'était franchement pas la tenue idéale pour affronter la tempête.

Il parut réfléchir quelques instants, et reprit :

— La vérité, Wabbit, c'est qu'elle se rendait quelque part où cette façon de se vêtir était attendue, logique, rationnelle. Ce ne pouvait donc être en aucun cas la plage de Loch Ennyrd qui n'est apparemment qu'un résumé de toute la sauvagerie et la désolation de l'île.

— Possible que vous ayez raison, marmonna le surintendant, mais je vous assure que ce n'est pas mon problème du moment – nom de Dieu, Sheen, essayez plutôt d'employer votre sens déductif à nous remettre sur la bonne route ! Je renoncerais à ma retraite pour me retrouver à l'instant même au fond de mon lit…

Ils atteignirent le Chevalier rouge et les deux canards environ une heure plus tard.

La façade donnant sur la rue évoquait les romans maritimes de la grande époque, de Melville à Vercel, de Conrad à Peysson : elle s'ornait d'un masque de scaphandrier et d'une enseigne représentant un cachalot sur la bosse duquel deux canards jouaient aux cartes avec un chevalier engoncé dans une armure rouge.

— Que c'est grotesque, doux Jésus ! murmura Harris Wabbit.

Décemment, John William Sheen ne put lui donner tort. Au moment où il s'apprêtait à peser sur la poignée de la porte, qui n'était autre qu'un tronçon de harpon tarabiscoté, il aperçut une silhouette déconcertante qui remontait la rue en pente.

C'était un homme ayant passé la soixantaine, dégingandé et grêle comme un lutin, qui portait sur son dos, arrimée par des courroies, une longue caisse oblongue faisant irrésistiblement songer à un cercueil.

En passant près des policiers, le lutin les salua poliment et alla même jusqu'à s'enquérir de leur santé.

La caisse oblongue qu'il transportait sonna douze coups : c'était une horloge ancienne, fabriquée dans le Devonshire.

John William Sheen et Harris Wabbit ne manquèrent pas de trouver fort singulière, à cette heure avancée et dans des conditions climatiques aussi déplorables, cette rencontre avec un homme maigre et poli qui marchait avec une horloge du Devonshire sur son dos.

Mais l'inspecteur principal et le surintendant étaient trop harassés, trop frigorifiés, avaient les souliers trop gorgés d'eau et le cerveau trop embrumé, pour demander au lutin à l'horloge qui il était et à quelle espèce d'occupation il se livrait.

De toute façon, ainsi que le fit remarquer Harris Wabbit quand ils furent entrés dans le hall étroit du Chevalier rouge et les deux canards, on était en pays britannique où toutes les fantaisies sont permises, à l'exception de quelques incongruités notoires comme un assassinat.

John William s'endormit dans des draps qui lui parurent raides, rugueux et froids. Quand il s'éveilla, sous l'influence exquise d'une odeur de pain grillé et de thé à la bergamote, ces mêmes draps étaient devenus une délicieuse petite housse tiède, intime et douce.

Il se leva, ouvrit les deux fenêtres de sa chambre.

Elles donnaient sur le jardin de derrière, un fourmillement d'arbustes, de fleurettes de toutes couleurs, plantés dans un désordre adorable. Les fleurs perdaient leurs pétales qui s'amassaient sur le sol, prenant alors des teintes rouillées et dégageant des arômes sucrés et rares.

Les allées, composées de larges dalles de granit bleu, disparaissaient sous l'alchémille, les herbes aromatiques, les buis panachés.

John William vit un banc de bois, vermoulu par les pluies juste ce qu'il convenait pour lui donner l'aspect romantique qui allait avec ce jardin calme, avec cette jolie jungle qui s'effeuillait, où tout était conçu pour assister au lent passage du temps.

Sur le banc était assise une femme. Elle se tenait très droite, les mains sur les genoux. En voyant apparaître John William Sheen à sa fenêtre, elle agita les doigts :

— Bonjour, bonjour, inspecteur ! Comment avez-vous apprécié votre première nuit à Greenhill ? Quel silence, n'est-ce pas ? Surtout que la tempête est tombée. Il se pourrait même que nous ayons un rayon de soleil vers midi. Prenez votre temps, surtout, ne changez rien pour moi. Je suis très bien ici, j'attendrai aussi longtemps qu'il faudra. Mais quand vous descendrez, j'aurai deux ou trois petites choses à vous dire. Je suis à peu près certaine de savoir qui a tué miss Benton. Il ne serait pas convenable que je garde cela pour moi, qu'en pensez-vous ?

Et Natalia Nikolaievna cueillit la feuille d'un géranium, qu'elle froissa longuement dans ses mains pour en exhaler tout le parfum.

4

— C’est Peggy qui a tué Dune Benton, inspecteur.

Le ciel gris se déchirait lentement. Filtrée par les dernières brumes basses courant vers la mer, une lumière douce et mouillée se posait sur le jardin.

On entendait les pensionnaires se saluer en entrant dans la salle à manger où était servi le breakfast – des voix âgées pour la plupart, réclamant que le thé fût bien chaud et évoquant avec de petits rires frileux cette nuit où le vent, sans répit, avait fait battre les volets contre la façade. Margaret, la servante, dit que des fragments de tuiles étaient tombés sur la serre, brisant des vitres, et que la tempête avait chassé sur le dallage toutes les cendres froides de la cheminée.

John William Sheen avait pris place sur le vieux banc, tout près de Natalia Nikolaievna. La Russe sentait la poudre de riz, la lavande. Elle avait des lèvres excessivement fines, trop peintes. Son cou n’en finissait pas et semblait sur le point de renoncer à porter une tête aussi lourde, un front aussi vaste, une mâchoire aussi charpentée. Il allait ployer et certainement se rompre, comme les fleurs imbibées d'eau de pluie qui s'affaissaient au bout de leur tige avec des lourdeurs de pivoines.

— Peggy ? fit John William en réussissant à masquer sa déception. J'y avais songé, bien sûr, Peggy n'existe pas, hélas !

Natalia Nikolaievna émit un petit rire cassant qui s'accordait à merveille avec sa personne :

— Détrompez-vous, inspecteur : Peggy respire comme vous et moi, elle habite Benton House l'été et Southampton le reste de l'année, et vous avez eu hier soir le privilège de lui passer le sel. J'ai d'ailleurs remarqué, ajouta-t-elle, que votre main s'attardait sur la sienne.

— Je crains de ne pas comprendre, Natalia Nikolaievna.

— Peggy et Barbara ne sont qu'une seule et même personne. Depuis l'âge de douze ans, Barbara sert de modèle au petit personnage de Peggy. Miss Benton la payait pour ça, environ trois cents livres par mois.

— Un modèle ? s'étonna l'inspecteur.

— Oui. Miss Benton n'avait aucune imagination. Elle ne pouvait décrire qu'un caractère qu'elle avait rencontré, une situation dont elle avait été témoin. Alors, elle mettait Barbara en scène. Elle lui faisait faire ceci ou cela, après quoi elle n'avait plus qu'à raconter. Je suppose que vous avez lu l'un de ses plus fameux succès : *Peggy et la grotte maudite* ?

— J'ai parcouru quelques-unes de ces fadaises

dans le train, reconnut le détective. Franchement, ça ne m'a pas laissé un souvenir inoubliable.

Natalia Nikolaievna passa une langue courte et pointue sur ses lèvres trop rouges. Parfois, le côté cigogne de son personnage devenait un côté loup. Elle se régalait d'avance.

— Laissez-moi vous raconter ça, inspecteur. Il s'agit d'une grotte à proximité de la plage de Loch Ennyrd. Peggy – ou Barbara, si vous préférez – y est séquestrée par des contrebandiers. Ces individus lui ont lié poignets et chevilles et l'ont abandonnée là, la livrant à la mer qui, à marée haute, investit la grotte. Et l'eau monte. Elle monte tant et si bien, inspecteur, que la petite héroïne a la poitrine noyée, puis le cou, puis le menton, puis les lèvres. Et maintenant, les vagues lui lèchent le dessous du nez. Elle va mourir. Mais non, car dans la grotte vit un crabe qui possède des pinces énormes et une intelligence nettement au-dessus de la moyenne – je parle de la moyenne intellectuelle des crustacés. Avec ses pinces, il tranche les liens qui entravent la malheureuse enfant. Libre enfin, Peggy s'enfuit à la nage, gagne la terre ferme et alerte la police.

— Réaction très saine, approuva John William.

— Ce qui est moins sain, c'est que cette vieille folle de miss Benton a réellement attaché Barbara dans la grotte. J'étais là, sur une barque, avec mission de prendre en sténo ce que me dictait miss Benton. Et aussi avec un couteau pour trancher les cordes à la toute dernière seconde.

— Le crabe, c'était vous.

— Un crabe horrifié, inspecteur. Barbara a manqué de peu se noyer pour de bon. Je n'ai jamais vu un pauvre petit être aussi terrorisé. Elle avait quinze ans.

Natalia Nikolaievna marqua un temps d'arrêt, puis reprit :

— Au cours des jours qui suivirent, la peur qu'avait éprouvée Barbara fit place à de la rancune, puis à de la haine.

— Barbara a-t-elle eu à souffrir d'autres sévices de la part de Dune Benton ?

— Tout ce que subit l'héroïne des *Aventures de Peggy* a été authentiquement vécu par Barbara.

Bien que la pseudo-littérature de Dune Benton ne l'eût pas considérablement impressionné, John William Sheen se rappelait avoir été quelque peu ému par telle ou telle situation dramatique où se retrouvait la jeune Peggy : les gifles pleuvaient sur ses joues, ses mains étaient la plupart du temps entravées par des courroies, des chaînes, des cordes, des rubans, on l'étouffait sous des oreillers, on l'enfermait dans des caves remplies de choses hideuses, on lui accrochait une pince à linge au bout de la langue, on lui posait des hannetons sous les aisselles…

Si Barbara avait été ainsi martyrisée par Dune Benton, nul doute qu'elle eût en effet un mobile suffisant pour se venger de la vieille dame. Et à en croire Natalia Nikolaievna, ce festival de supplices recommençait tous les étés, et cela depuis des années. Pourquoi la jeune fille revenait-elle se livrer chaque année ? Pour gagner trois cents livres en juillet et trois cents autres en août ? C'était bien peu d'argent pour tant de cruelles petites souffrances, pour tant d'humiliations.

John William dévisagea la Russe avec étonnement :

— Et vous n'êtes jamais intervenue pour faire cesser ces jeux imbéciles ?

— J'ai protesté deux ou trois fois, mais mollement.

— Parce que, dans le fond, ça vous plaisait aussi ?

— Je détestais ça, inspecteur. Mais je ne tenais pas à perdre ma place.

— Une place de complice en sadisme, fit remarquer froidement John William.

— Oh ! ça, c'était accessoire. Officiellement, miss Benton m'avait engagée comme pilote de son petit avion privé. À mon âge et avec mes bien maigres qualifications, qui d'autre m'aurait confié un appareil ? J'ai appris le pilotage par nécessité, pour quitter l'Est. Je ne pensais accomplir qu'un vol, celui qui me conduirait vers la liberté. Mais j'y ai pris goût et lorsque je me suis posée en Angleterre, au lieu de savourer ma réussite, je n'ai plus songé qu'à une chose : voler encore, voler aussi souvent que possible, et pour le seul plaisir. L'avion à bord duquel j'avais fait mon escapade m'avait été confisqué, et je ne possédais évidemment pas de quoi m'en procurer un autre, même en le louant à l'heure du vol. Quand j'ai lu dans un journal d'aéronautique qu'une personne âgée cherchait un pilote – mon Dieu ! elle avait tourné son annonce comme si elle demandait un chauffeur, oui, un simple chauffeur pour conduire sa voiture dans les rues de Londres ! – je me suis présentée. Je crois que miss Benton a été amusée par le fait que je sois russe, réfugiée politique, pauvre et inexpérimentée. Sans doute a-t-elle pensé alors qu'elle n'aurait aucun mal à dominer une misérable femme comme moi. Et c'est ce qui est arrivé, bien entendu. En plus de mes fonctions de pilote, je suis rapidement devenue quelque chose comme sa dame de compagnie, sa gouvernante, sa secrétaire. Je relisais les épreuves de ses méchants petits romans, je découpais les extraits de presse la concernant, je l'accompagnais dans les librairies aux séances de signature où je notais sur un carnet le nom des lecteurs qui voulaient une dédicace, j'encaissais et je rendais la monnaie, je tendais aux gens les volumes qu'elle avait honorés de sa griffe en disant : « Miss Benton vous remercie infiniment et vous souhaite une agréable lecture… » Ensuite, nous rentrions à la maison. J'épluchais les légumes dont elle avait besoin pour son potage du soir. Je lui faisais couler son bain. Sur son lit, je disposais sa chemise de nuit, sa robe de chambre. À l'aplomb du lit, j'alignais ses mules après avoir vaporisé sur la semelle un produit supposé lui rafraîchir et lui délasser la plante des pieds. Ensuite, elle dînait pendant que je dactylographiais le chapitre qu'elle m'avait dicté dans la matinée.

Natalia Nikolaievna considéra d'un œil éteint les plants de tanaisie entre les feuilles desquels les araignées avaient tissé des toiles où, ce matin, les seules proies visibles étaient les gouttes de pluie qui résultaient des averses de la nuit.

— Évidemment, conclut-elle, aucun des brillants jeunes pilotes ayant postulé pour la place ne se serait plié à ce genre d'esclavage. Miss Benton savait ce qu'elle faisait en m'engageant. Elle avait peut-être une réputation d'écrivain un peu surfaite, mais elle était loin d'être une idiote.

— Voyageait-elle fréquemment en avion ?

— Uniquement pour se rendre ici, à Greenhill Island. Ça la posait vis-à-vis des habitants de l'île, comprenez-vous ? Miss Benton arrive, miss Benton descend du ciel ! – voilà, paraît-il, ce qu'on entendait crier dans les chemins creux quand j'amenais le Cessna à la verticale du champ qui nous servait d'aérodrome.

— L'entretien de l'appareil vous incombait ?

— Oui, et c'était le bon côté de la chose : je pouvais disposer de l'avion à mon gré. Sous prétexte de devoir vérifier ceci ou cela, je décollais et je volais une petite heure au-dessus des faubourgs de Londres. Il se passe de drôles de choses dans les faubourgs. Entre les docks et le Prospect of Whitby[1], le samedi, lorsque les ménagères avaient étendu leur lessive de la semaine, un individu vêtu d'un costume à carreaux venait dérober les petites culottes. Le monde est pervers, inspecteur. Mais nous nous écartons de notre sujet, il me semble. Je vous parlais de Barbara.

— De Barbara et de vous, rectifia John William.

1. L'un des plus anciens et des plus célèbres pubs londoniens. Autrefois, depuis sa terrasse, on y avait une vue imprenable sur les gibets dressés sur les rives de la Tamise.

L'envie furieuse d'étrangler Dune Benton ne vous est jamais venue ?

— Je suis russe, sourit Natalia Nikolaievna. Je ne me rappelle plus combien nous avons eu de tsars, mais nous avons une certaine habitude des tyrans.

— Eh bien ! soit, dit John William en lui rendant son sourire, revenons-en à Barbara. D'après vous, comment s'y serait-elle prise pour tuer Dune Benton ?

— Si la vieille dame a été étranglée, tout simplement en lui serrant le cou. Si elle a été noyée d'abord, je présume qu'elle lui a plongé le visage dans l'eau.

— Les gens ne se laissent pas étrangler ou noyer comme ça, protesta l'inspecteur.

— En train de lire ou de tricoter dans son fauteuil, miss Benton pouvait encore faire illusion. Mais debout, elle n'était plus solide du tout. Un rien la faisait vaciller. Si elle avait vécu assez longtemps pour revoir Londres, je suis certaine qu'elle m'aurait envoyée chez Harrod's lui acheter une canne.

Le pâle soleil qu'on voyait à présent à travers les arbres ne parvenait pas à atténuer la froidure pénétrante de l'air. John William frissonna et se leva, imité aussitôt par Natalia Nikolaievna.

Celle-ci venait d'accuser une jeune fille de meurtre, et elle avait simplement l'air de quelqu'un qui a transmis une commission à propos de mûres qu'il serait bien temps de cueillir si on voulait faire quelques pots de confitures en prévision de l'hiver.

L'inspecteur la regarda quitter le jardin de

l'auberge sans se retourner, faisant des moulinets avec le joli parapluie des British Airways qu'un steward lui avait donné contre un paquet de ces curieuses cigarettes russes prolongées par un interminable petit cylindre en carton creux.

Si Natalia Nikolaievna avait dit vrai, une sorte de monstre se dissimulait derrière les traits paisibles de la vieille romancière ; mais tous les romanciers n'étaient-ils pas des sortes de monstres ?

Et à sa façon, Barbara en était peut-être un elle aussi.

La jeune fille trouvait-elle réellement si insupportable les rôles suppliciants que Dune Benton l'obligeait à interpréter ?

Tant de gens, songeait l'inspecteur, aiment à subir la domination d'une autre personne : une souffrance consentie, parfaitement cernée et identifiée, agit comme une prière propitiatoire et vous protège de ces souffrances inconnues dont l'existence pullule et qui vous guettent, perchées autour de vous comme des vautours sur leurs arbres morts. Volontairement vexée et punie par Dune Benton durant deux mois d'été, Barbara s'imaginait peut-être échapper au malheur les dix autres mois de l'année.

Il revit en pensée le visage et le corps de Barbara. Elle avait une manière troublante de garder la bouche entrouverte et de mettre systématiquement ses mains derrière son dos quand elle était debout. Passant devant une fenêtre ou une lampe allumée, elle faisait voler ses cheveux clairs qui accrochaient la lumière tout en dégageant sa nuque blanche, légèrement creusée. C'est quand le poissonnet miroite et frissonne que le carnassier se jette sur lui ; le poissonnet le sait et il le fait quand même.

Natalia Nikolaievna disparut au bout du jardin. Une cloche tinta, sonnant la demie de huit heures. John William Sheen entra dans la salle à manger du Chevalier rouge et les deux canards, où il trouva Harris Wabbit attablé devant un breakfast composé d'une assiette de porridge, d'une autre de flocons d'avoine, de quatre odorantes saucisses de Cambridge et de trois toasts tartinés de marmelade. Sheen se demanda comment le surintendant réussissait à avoir un air aussi exténué tout en rechargeant de cette façon sa machine physiologique.

— Je viens d'apprendre que Dune Benton n'était peut-être pas une exquise vieille dame, dit l'inspecteur principal en s'asseyant en face de Harris Wabbit.

— Ça ne m'étonne pas, fit ce dernier. Il doit être difficile d'amasser la fortune qui était la sienne tout en restant exquise.

Sheen approuva, navré. Dans le métier de policier, le plus démoralisant n'était pas la fréquentation de cadavres plus ou moins tronçonnés et défigurés, mais de s'apercevoir que les victimes étaient parfois aussi coupables que leurs meurtriers, encore que d'une façon bien souvent plus sournoise.

Au début d'une enquête, Sheen subissait presque toujours une sorte d'atteinte dépressive en mesurant à quel point l'être humain était étriqué et dissimulé. Longtemps persuadé que sa mission consisterait à rendre justice à de pauvres morts exécutés dans des circonstances tragiques, il devait aujourd'hui se rendre à la raison : ces fameux pauvres morts avaient cherché, sinon mérité leur destin.

John William Sheen croyait en Dieu, et il chantait souvent un joli cantique qui disait que tout homme était à l'image de Dieu. Mais depuis que Dieu avait esquissé cette image de lui-même, des milliards et des milliards de petits personnages répugnants s'étaient acharnés à la transformer en caricature burlesque. Il ne subsistait plus grand-chose de l'image originale. Et le jour viendrait peut-être où il n'y aurait plus besoin de policiers pour attraper les assassins, car chaque meurtre serait peu ou prou une œuvre de justice.

En regardant la graisse des saucisses de Cambridge briller sur les lèvres du surintendant, John William ne se sentit pas le moins du monde ragaillardi.

— Ciel de traîne, murmura-t-il d'un ton las.

— Je vous demande pardon ? fit Harris Wabbit.

John William désigna les gros bourgeons de nuages courant au-dessus du jardin et de la haute lande :

— Le ciel est vert pâle, caractéristique de l'air polaire qui nous arrive à présent. La visibilité est remarquable, le baromètre remonte et le vent s'installe au nord-ouest : ce type de temps, mon cher Wabbit, marque la fin d'une perturbation.

Le surintendant engloutit la dernière de ses quatre saucisses :

— Nous allons donc avoir du beau temps ?

— Les perturbations s'enchaînent ordinairement

par cinq ou six. C'est un peu comme une famille qui remonte le couloir d'une voiture de chemin de fer : vous croyez qu'il n'y en a plus, et il y a encore le cadet avec son encombrant filet à crevettes et ses boutons au coin de la bouche. La tempête qui nous a secoués cette nuit sera bientôt suivie d'une autre. Il en va parfois de même en matière criminelle. Vous remarquerez, Wabbit, qu'un meurtre est fréquemment suivi d'un autre.

Le surintendant tressaillit :

— Vous pensez réellement que le meurtrier pourrait remettre ça ?

— Je n'en sais fichtre rien. J'y pense en effet, voilà tout.

— Vous êtes morose, constata Harris Wabbit. Vous oubliez que nous n'avons même pas la certitude que miss Benton ait été assassinée.

— C'est vrai, reconnut Sheen. Seule l'autopsie nous le dira. Mais je penche pour le « oui ».

— À cause des marques de strangulation ?

— Non, car il est exact qu'elle aurait pu se les imprimer elle-même. C'est l'attitude de l'entourage qui me rend pessimiste. Ces gens-là jubilent. Leurs mouchoirs sont trempés, mais par des larmes de crocodile. La satisfaction évidente des habitants de Benton House est celle de personnes soulagées à l'idée d'un danger qu'elles viennent de parer.

— Quel danger ?

— Celui que la vieille dame, en sentant venir son agonie, ne révise ses dispositions testamentaires. Les petits livres de Dune Benton n'ont pas de valeur littéraire, mais ils dénotent une remarquable finesse psychologique. Dune Benton n'était pas dupe des sentiments qu'on lui portait. Tous la haïssaient, sauf son fils. Et à mon avis, elle le leur rendait bien. Une telle quantité de haine mise à bouillir dans une sombre marmite comme Benton House – le couvercle devait fatalement sauter !

— Dois-je en déduire que pour vous, si crime il y a, il a été commis par quelqu'un logeant au cottage ? Pardonnez-moi, Sheen, mais vous semblez négliger un détail : Dune Benton a été retrouvée sur une plage éloignée, où elle s'était rendue en pleine nuit et où n'importe qui pouvait l'attendre ou la surprendre. Les assassins de vieilles dames, les rôdeurs sanglants, cela existe aussi.

Cela existait surtout dans les colonnes des journaux, pensait John William. Certes, à Londres, il ne se passait pas une semaine sans qu'on découvrît le cadavre d'une femme âgée dans un immeuble en brique, tiède et triste, où les courants d'air soulevaient des coins de napperons en dentelle, faisaient trembler une photographie fanée dans un cadre au verre brisé. Parfois, en plus de la petite dame aux cheveux blancs, on avait tué le chat. La presse évoquait alors immanquablement le sadique fou de Mayfair, de Soho ou du West End. Mais des inspecteurs comme John William enquêtaient et finissaient par arrêter un neveu désargenté ou une petite servante droguée. Les sadiques fous préféraient martyriser des fillettes, de jeunes garçons.

— Cette nuit-là, dit doucement Sheen, c'était Dune Benton qui jouait au rôdeur. Mais un rôdeur handicapé par l'âge et la maladie, donc un rôdeur malhabile. Elle n'a pas dû s'éclipser si discrètement. Elle a au moins fait grincer une marche ou couiner une porte. Il ou elle la guettait, attendant sans doute depuis longtemps une occasion aussi favorable. Il ou elle l'a suivie dans l'obscurité et la tempête. Et sur la grève de Loch Ennyrd, il ou elle l'a tuée.

— Si c'est quelqu'un de l'entourage immédiat de Dune Benton, le testament nous aiderait peut-être à nous faire une idée du mobile. Il est bien regrettable que personne n'ait apparemment réussi à mettre la main dessus.

— Vous avez raison de préciser « apparemment », mon cher Wabbit. Pour ma part, je suis persuadé que sir Philip l'a trouvé, ouvert et déchiffré.

Le surintendant repoussa le bol où son porridge s'était figé, prenant l'aspect peu engageant d'une sorte de ciment granuleux et grisâtre, et attira à lui sa portion de céréales qu'il noya sous un flot de lait très chaud. Il écouta avec gourmandise le crépitement léger qui montait de l'assiette creuse, et consentit enfin à s'offusquer :

— Il l'a trouvé, dites-vous ? Mais alors, son devoir est de le rendre public. Tout au moins de nous le communiquer, à vous et à moi. Si vous croyez que ce document est en sa possession, ajouta-t-il avec une vigueur surprenante, je vais sommer ce monsieur de nous le remettre aussitôt.

— Laissez, Wabbit, c'est son dernier jouet, le tout dernier hochet qui lui vient de sa mère. Je suis prêt à parier qu'il le cache sous son oreiller, de la même façon qu'il devait chiper, à dix ans, les foulards parfumés que portait sa maman. Son désarroi est immense. J'ai pitié de lui.

John William Sheen se tut et regarda au-dehors. Une averse éclatait, flagellant les vitres, courbant les tiges des fleurs. Au-dessus de la lande dont les pentes brunes et rugueuses dominaient le jardin de l'auberge à la façon d'un volcan, le vent faisait onduler le rideau de pluie. La lumière avait brusquement déserté le ciel, comme dans les pays tropicaux où l'on passe presque sans transition du jour à la nuit. Margaret, la servante, entra pour jeter une brassée de genêts secs dans la cheminée. Alors la pénombre, qui avait cru un instant l'emporter, dut refluer.

— Que vous a raconté la Russe ? demanda Harris Wabbit en lapant ses corn flakes. Vous êtes resté un long moment avec elle.

— Oh ! rien de bouleversant, dit Sheen.

Il n'avait pas vraiment envie de révéler au surintendant les accusations de Natalia Nikolaievna à propos de Barbara. Il vivait cela un peu comme un ennui personnel, comme un de ces désagréments qui vous font l'effet d'une poussière dans l'œil, et l'on se détourne discrètement pour se frotter la paupière car il faudrait avoir perdu tout respect de soi-même pour prier le premier venu de vous souffler sur l'iris.

Laissant Harris Wabbit terminer ses agapes, il monta jusqu'à sa chambre où il se rasa avec soin, enfila une chemise bleu ciel, un joli pull en shetland, et fit gonfler sa chevelure dans l'espoir que le vent des hautes landes s'y engouffrerait, jouerait avec ses mèches et les mettrait en désordre de façon romantique.

Sincère avec lui-même, il s'avoua qu'il ne souhaitait rien tant, ce matin, que de plaire à Barbara, surtout s'il devait l'arrêter pour meurtre.

L'averse cessa, le soleil parut sur le jardin.

Sur le rebord extérieur de la fenêtre, John William posa le petit thermomètre dont il ne se séparait jamais. La colonne de mercure indiqua qu'il faisait quelques degrés au-dessus de zéro. Ouvrant l'armoire en faux noyer qui, avec quelques autres meubles du même acabit, défigurait sa chambre, l'inspecteur choisit un long pardessus à martingale. Il sourit en songeant que ce soir, si Barbara avait froid en montant à bord du *Tapsalteerie* qui l'emmènerait vers une maison d'arrêt, il le lui prêterait. Elle serait assez charmante, perdue dans cette chose douce, chaude et trop grande pour elle. L'avantage était que, là-dessous, il serait pratiquement impossible de voir qu'elle portait des menottes. John William Sheen était ainsi, attentif à tous ces petits détails qui peuvent aider une personne à être un peu moins affolée.

5

Singulière demeure que Benton House, songeait John William Sheen en gravissant le sentier de la haute lande : la veille au soir, dans le déchaînement de la pluie et du vent, la maison lui avait rappelé ces bâtisses lugubres que les romancières du XIXe siècle anglais plantaient sur des éminences désolées et peuplaient d'êtres en proie aux tourments des amours mortes, de la mémoire et de la folie. Tandis que ce matin, tramé par la lumière encore incertaine, le cottage évoquait plutôt les dessins délicats d'une Beatrix Potter ; et quand lady Patricia lui ouvrit la porte, l'inspecteur fut presque surpris qu'elle n'eût pas le faciès pelucheux et enluminé d'une Maman Lapin.

Bien au contraire, lady Patricia affichait un visage navré, dont les traits tirés accentuaient les premières rides.

Le policier comprit aussitôt qu'il s'était passé quelque chose.

Lady Patricia se contenta de lui tendre un billet plié :

— Je vous attendais avec impatience. Lisez. C'est épouvantable. Je l'ai trouvé coincé sous le *Rosamond Belle VII*.

— Le *Rosamond Belle VII*?

— Il s'agit du tableau accroché dans le salon, à droite de la cheminée. Une horreur, mais Philip y tient beaucoup : le *Rosamond Belle VII* était le voilier de son grand-père. On peut même parler d'un yacht : pin de l'Oregon, acajou, bronze et cuivre partout. Il s'est perdu corps et biens le 7 août 1912 sur un récif. La tombe du grand-père est une des curiosités de notre cimetière : elle est vide, on n'a rien retrouvé de l'équipage ni du bateau.

Sheen déplia le papier qu'elle lui avait remis, et sur lequel s'enchaînaient joliment les boucles d'une écriture un peu appliquée :

— *Je me pendrai le 12 courant à une poutre du grenier. Signé : Philip*... Est-ce l'écriture de votre mari, milady?

— Oh! ça ne veut rien dire. Son écriture, Philip la déguise. Comme il déguise tout le reste. Puis-je vous faire remarquer, inspecteur, ajouta-t-elle après avoir humecté ses lèvres qui tremblaient un peu, que nous sommes précisément le 12?

— Où est sir Philip?

— Dans sa chambre. Il se repose. Il a veillé sa mère toute la nuit. J'ai lu dans un magazine qu'un suicide en appelait un autre, qu'il se produisait en somme comme une espèce de contagion. Je n'y croyais pas, mais...

— Milady, pardonnez-moi d'insister : votre belle-mère ne s'est pas suicidée, j'en ai la conviction profonde. Quant à sir Philip, pourquoi voudrait-il se donner la mort ?

Lady Patricia faillit dire qu'en digne fils de sa mère, son mari était capable de n'importe quoi pour ennuyer le monde. Elle se retint juste à temps et se contenta d'une moue dubitative, qu'elle réussissait d'ailleurs fort bien et qui avait l'avantage de mettre en valeur la souplesse et la sensualité de ses lèvres.

Mais Sheen n'accorda à cette moue qu'une attention des plus distraites. Pensif, il tournait et retournait le fragment de papier entre ses doigts comme pour y chercher un indice supplémentaire. Enfin, il dit :

— Cette écriture est la même que celle du premier message – celui par lequel miss Benton nous annonce son intention de se suicider. Nous avons affaire à un corbeau.

— Un corbeau ?

— Quelqu'un qui se distrait à écrire des lettres anonymes. Ou qu'il signe en empruntant une autre identité. La question est de savoir dans quel but.

— Un but magique, suggéra lady Patricia.

— Comment l'entendez-vous ?

— Votre corbeau a rédigé un premier message nous informant que ma belle-mère allait se tuer. Une chose est sûre : elle est morte.

Ce fut au tour de l'inspecteur principal d'esquisser une moue. Mais évidemment, elle n'était pas aussi séduisante à contempler que celle de lady Patricia. C'était en somme une moue strictement utilitaire, qui voulait seulement signifier que John William Sheen ne croyait pas à la magie.

— Vous dites avoir trouvé ce papier plié sous un tableau. Pourquoi avoir déplacé le tableau, milady ? Était-il de travers ?

— Non, pas du tout…

Elle marqua une brève hésitation, puis avoua :

— Je cherchais le testament de ma belle-mère. Philip prétend ne pas savoir où il est. Ne me prenez pas trop vite pour une créature cupide, mais ce testament peut peser très lourd en ce qui concerne notre avenir à Philip et à moi.

— Sans doute est-il à Londres, dans l'appartement qu'occupait miss Benton. Ou bien chez un homme de loi.

Lady Patricia fixa John William Sheen droit dans les yeux :

— Il est ici, inspecteur. Parce que ma belle-mère savait qu'elle mourrait ici, à Greenhill Island.

— « Personne ne connaît le jour ni l'heure », cita le policier. Ni le lieu.

— Elle, si.

— Je vous répète, milady, que vous avez tort de retenir l'hypothèse du suicide.

— Non, elle ne s'est pas suicidée. Mais elle n'a pas non plus été assassinée. Ce qui lui est arrivé met en cause des mécanismes infiniment plus complexes que ces choses brutales et primaires que sont un suicide ou un meurtre.

Sheen la dévisagea avec une attention nouvelle. Elle semblait à la fois craintive et sûre d'elle. C'était assez paradoxal pour qu'il l'encourageât à poursuivre.

Mais on venait d'entrer dans le salon où Mrs.

Selingwood posait des rubans de crêpe noir en travers des portraits et des photos de Dune Benton qui trônaient sur presque tous les meubles.

Lady Patricia désigna Mrs. Selingwood, se haussa sur la pointe des pieds et souffla au visage de Sheen :

— Pas devant elle. Mais soyez ce soir à Loch Ennyrd vers dix-huit heures. Je vous montrerai quelque chose, alors vous comprendrez.

Une intense stupéfaction se peignit sur les traits de l'inspecteur principal. Non point tant parce que lady Patricia prétendait l'aider à résoudre l'énigme de la mort de Dune Benton. Mais John William Sheen avait lu souvent, ici ou là, que l'haleine des jolies femmes fleurait le miel. Malgré l'opiniâtreté et la méticulosité de ses expériences en ce domaine, il n'avait jamais éprouvé que ce fût vrai. Or voici que dans le salon de ce cottage perdu au bout du monde, il venait de vérifier brusquement et de façon indubitable l'authenticité du phénomène.

Comme l'avait fait autrefois le fossoyeur Croft, et afin de s'assurer qu'il n'était pas victime d'une illusion olfactive, il s'empressa de pencher davantage son visage vers la bouche entrouverte de lady Patricia. Mais déjà celle-ci s'écartait de lui pour donner ses ordres à Mrs. Selingwood à propos du déjeuner.

Un oiseau de mer, lentement, passa en planant derrière une des fenêtres. John William Sheen lui trouva un air narquois.

Le second meurtre à endeuiller Greenhill Island en moins de soixante-douze heures eut lieu alors qu'on prenait place autour de la grande table ovale de Benton House et que Mrs. Selingwood s'apprêtait à servir le vol-au-vent aux fruits de mer.

L'inspecteur principal et les occupants du cottage n'en eurent connaissance que plus tard ; mais Harris Wabbit, resté au bourg afin d'essayer de régler la question délicate du transfert du corps de Dune Benton en vue de l'autopsie, fut presque le témoin direct du nouveau drame.

Il était alors un peu plus de midi.

Au Chevalier rouge et les deux canards, le surintendant Wabbit se régalait d'une paire de côtelettes de mouton arrosées d'une pinte d'excellente bière brune lorsque, venu de l'extérieur, un cri rauque ébranla le silence feutré de la salle à manger.

Les pensionnaires de l'auberge se regardèrent, d'abord plus intrigués que réellement émus. Harris Wabbit se leva et s'enquit des raisons de ce cri. La servante Margaret dit que quelqu'un avait dû glisser dans la rue principale, dont la pente accusée et les pavés mouillés étaient responsables de nombreuses fractures du coccyx et du col du fémur. Mais le pasteur Pickball, qui séjournait chaque année à Greenhill où il herborisait, déclara que c'était plutôt le boucher, Mr. Cairnbair, qui venait de s'entailler la main d'un coup de hachoir. Après quoi tout le monde s'empressa de donner son avis, et le tumulte fut à son comble jusqu'à ce que la porte de l'auberge s'ouvrît et qu'un petit homme grêle apparût.

Harris Wabbit le reconnut aussitôt : c'était le lutin que Sheen et lui avaient croisé la nuit précédente, portant sur son dos une horloge du Devonshire.

Le lutin marcha droit sur le policier et, prenant curieusement le ton solennel qu'employait Harris Wabbit lui-même au moment d'interpeller un suspect, il s'informa :

— Vous êtes bien le surintendant Wabbit, de la police écossaise ?

— En effet.

Le lutin regarda alors Wabbit comme s'il allait lui poser la main sur l'épaule et lui signifier son arrestation au nom de la Reine. Mais ses yeux se brouillèrent, ses jambes parurent se dérober sous lui, il s'effondra sur une chaise libre et dit :

— Je suis désolé de perturber votre repas. Mais je viens de tuer ma femme.

Le lutin s'appelait Oliver McFynn et exerçait la profession de restaurateur d'horloges.

De l'autre côté de la rue, il possédait une échoppe désuète, peinte en vert avec des filets noir et or courant autour de sa vitrine poussiéreuse.

Ce qui donnait à la boutique un caractère remarquable était le nombre d'horloges de tous styles et de toutes origines qu'elle abritait. Debout, rutilantes et ventrues, elles s'alignaient le long des murs comme pour une parade. Toutes fonctionnaient, et le mouvement des centaines de balanciers dans leurs caisses produisait un long froissement soyeux évoquant l'approche d'un vol d'oiseaux ou de papillons innombrables. De temps à autre, un carillon égrenait quelques coups.

— Ayez l'obligeance de refermer la porte, dit Oliver McFynn au surintendant. Le temps est à l'humidité, et cela ne vaut rien à tous ces mécanismes.

Pendant que Wabbit s'exécutait, McFynn s'agenouilla pour pousser plus avant une cale sifflet sous la caisse d'une horloge dont le balancier, richement décoré, heurtait parfois, avec un tintement léger, le verre protégeant l'échancrure de son coffre.

— À présent, dit McFynn en se relevant, montons. Abigaïl est à l'étage.

Il précéda Harris Wabbit dans un escalier étroit, aux marches cirées.

Si la boutique du rez-de-chaussée avait cet aspect quelque peu désordonné et crasseux d'une tanière de célibataire, l'appartement sentait, de façon presque féroce, l'encaustique, l'eau de Javel et ces poudres qui servent à polir l'argenterie.

La seule note choquante était la présence du cadavre d'Abigaïl McFynn qui gisait sur les tommettes de la petite cuisine, le crâne fracassé.

Sur le fourneau d'un modèle ancien mijotait un osso-buco.

— Je me suis servi d'un marteau, dit Oliver McFynn. À mon avis, Abigaïl ne s'est aperçue de rien.

— Elle a tout de même eu le temps de crier, fit remarquer le surintendant en s'emparant de la nappe à fleurs posée sur la table et en l'étendant sur le corps.

— C'est moi qui ai crié, corrigea le restaurateur d'horloges. Pour accompagner mon geste, si vous voyez ce que je veux dire.

Harris Wabbit se redressa et se tourna vers lui :

— Pourquoi l'avez-vous tuée, McFynn ?

— Vous ne pourriez pas comprendre.

— Un moment de folie ? suggéra Wabbit. Ce sont des choses qui arrivent à votre âge : une poussée d'hypertension, un vaisseau qui se rompt, un secteur du cerveau momentanément asphyxié…

— Non, non, protesta McFynn, je savais parfaitement ce que je faisais. Le marteau n'était pas là, à traîner. D'ailleurs, Abigaïl ne l'aurait pas permis, elle ne supportait pas le désordre. J'ai donc dû descendre le chercher dans la boutique et, en le prenant par le manche, je me suis dit tout bas à moi-même : « Voilà, maintenant je vais monter là-haut et tuer Abigaïl avec ceci. »

Harris Wabbit sortit de sa poche un carnet à spirale, humecta la pointe d'un crayon et commença d'écrire.

— Je vous préviens, McFynn, que ce que vous venez d'avouer figurera au procès-verbal. En quelque sorte, vous reconnaissez qu'il y a eu préméditation. Avez-vous autre chose à déclarer ?

Oliver McFynn parut réfléchir, puis il secoua la tête :

— Non, je ne crois pas. Je rends grâce à Dieu d'être un vieil homme. Ainsi, je n'aurai plus trop longtemps à souffrir.

Il désigna la marmite noire d'où s'échappaient les volutes d'une fumée odorante et ajouta :

— N'auriez-vous pas un chat ou un chien à qui cet osso-buco pourrait faire plaisir ?

Après avoir confié McFynn à Doug McBrand, l'un des deux policemen chargés de la sécurité et de la circulation dans l'île, Harris Wabbit retourna au Chevalier rouge et les deux canards d'où il s'empressa de téléphoner à John William Sheen :

— Ne me contiez-vous pas, ce matin, que les meurtres s'enchaînent les uns aux autres comme les nuages de gros temps ? Eh bien ! mon cher, nous avons notre deuxième crime…

Il dit ce qu'il savait de la mort d'Abigaïl McFynn et précisa qu'il allait prendre des dispositions pour que l'assassin fût conduit à Thurso dans la soirée. Il espérait faire d'une pierre deux coups et embarquer aussi sur le ferry la dépouille de Dune Benton.

— Navré de doucher votre enthousiasme, l'interrompit Sheen, mais je doute que le *Tapsalteerie* soit en mesure d'appareiller. Jetez un coup d'œil par la fenêtre, Wabbit. Des nuages s'effilochent, venus du sud-ouest. À nouveau crime, nouvelle tempête. Si j'ai un conseil à vous donner, c'est de vous assurer que votre McFynn est bien bouclé et de courir vous acheter un gros chandail de laine et un de ces cirés que mettent les pêcheurs d'ici. Vous serez assez aimable pour en prendre un à mon intention. Méfiez-vous, les magasins ferment à dix-sept heures. Nous nous retrouverons pour souper à l'auberge.

John William Sheen raccrocha le combiné. À travers la porte à deux battants séparant la salle à manger du boudoir où se trouvait le téléphone, lui parvint le brouhaha d'une conversation animée. Les proches de Dune Benton mettaient sans doute son absence à profit pour aborder des sujets qui, d'après eux, ne concernaient pas la police.

Habitué à ce rôle de cousin très éloigné devant lequel on ne déballe que le linge à peu près propre, Sheen ne s'en formalisa pas. Il s'assit dans un des fauteuils confortables qui meublaient la pièce et attendit.

Quelqu'un finirait bien par entrer pour vérifier s'il était toujours au téléphone. En bonne logique, ce serait Barbara que lady Patricia ne perdait pas une occasion de traiter plus ou moins comme une domestique, qu'elle ne cessait d'expédier en quête de ceci ou de cela. Barbara se dérangeait aussitôt, apparemment de la meilleure grâce du monde. Parfois, elle ne trouvait pas ce qu'on lui demandait, et on l'entendait élever la voix : « Êtes-vous sûre, milady, d'avoir laissé Angus enfermé dans l'office ? Je ne vois ce chien nulle part ! »

Alors, sir Philip prenait un air contrarié, se levait à son tour en disant que cette jeune fille était d'une niaiserie confondante et que les choses ne seraient jamais faites s'il ne se décidait pas à payer de sa personne.

Il rejoignait donc Barbara, à l'office ou ailleurs. Pendant un moment, on n'entendait plus rien. Cela durait parfois une dizaine de minutes. Puis sir Philip revenait, accompagné de Barbara. L'un ou l'autre expliquait laborieusement qu'il avait fallu pousser jusqu'au fond du parc pour retrouver le chien. Et en effet, sir Philip et Barbara avaient les joues rouges comme s'ils avaient couru dans le vent.

John William Sheen doutait qu'ils eussent couru dans le vent. Il pensait plutôt que sir Philip et

Barbara avaient réglé cette mise en scène pour s'isoler, se caresser et s'embrasser.

Certes, il n'y avait aucune raison pour qu'ils fussent épris l'un de l'autre ; mais il n'y en avait pas davantage pour qu'ils ne le fussent point.

La porte s'ouvrit et, comme John William l'avait prévu, ce fut Barbara qui entra :

— Milady s'inquiétait, inspecteur. Elle craignait un malaise.

— Je réfléchissais, jeune fille.

Barbara étala sa robe en corolle et se posa sur un tabouret bas, aux genoux de l'inspecteur. Elle réunit ses mains, croisa ses doigts comme quelqu'un qui s'apprête à prier :

— C'est bouleversant. Mrs. Selingwood vient de nous apprendre qu'il y a eu un meurtre au village. Quelle horreur ! Tout le monde aimait bien le vieux McFynn. De tous les habitants de Greenhill, il était le seul à éprouver une vraie passion. Les autres ne font les choses que parce qu'il faut que quelqu'un les fasse. Mais lui !... Ses horloges étaient un peu comme ses enfants. Quand vous lui en aviez confié une, c'était toute une histoire pour la récupérer. Il vous suppliait de la lui laisser encore un peu, juste une nuit de plus...

Elle fit voler ses cheveux clairs, comme une petite fille qui s'apprête à s'élancer dans une partie de jeu :

— Inspecteur, croyez-vous que McFynn soit devenu fou ?

— Ce n'est pas impossible.

— En ce cas, c'est peut-être lui qui a tué miss Benton. Parce que deux meurtres en si peu de temps, sur une si petite île où jusqu'à présent personne n'a jamais tué personne, c'est presque aberrant à concevoir. Mais s'il s'agit d'un seul assassin, c'est moins choquant. Bien que le pauvre McFynn n'ait pas la physionomie d'un meurtrier.

— Oh ! ne vous fiez pas à cela. Si je vous regarde, par exemple, je ne puis m'empêcher de penser que vous êtes incapable de tuer…

Sheen s'était exprimé sur un ton si traînant, si indécis en somme, que Barbara tressaillit :

— Est-ce une question, inspecteur, ou une affirmation ?

— Mettons que ce soit une question.

— Vous me croyez donc capable de tuer quelqu'un ?

Cette supposition l'étonnait, sans la scandaliser ni même la peiner ; peut-être parce qu'il s'agissait là d'une idée qui lui était tellement étrangère qu'elle n'en percevait pas toutes les implications.

Sheen se sentit un peu gêné et, pour se donner un semblant de contenance, il allongea le bras vers un petit bar roulant et prit une pincée de cacahuètes qui traînaient dans une coupelle en argent. Les cacahuètes étaient affreusement rances et salées. L'inspecteur ne put dissimuler une grimace.

— Il arrive qu'à force d'être battu un chien morde, dit-il. J'ai cru comprendre que miss Benton ne s'était pas toujours comportée envers vous comme une gentille mamy gâteau.

— Je ne vois que Natalia Nikolaievna pour vous avoir raconté ça. Il est exact que miss Benton me traitait quelquefois comme une poupée.

— Une poupée qu'on martyrise, précisa doucement John William.

Plus il la regardait et plus il comprenait que Dune Benton ait eu envie de jouer à des jeux troubles avec Barbara. Il n'excusait pas la vieille dame pour autant, mais il est vrai que Barbara avait, de par son physique et sa façon de se mouvoir, quelque chose qui éveillait certaines pulsions redoutables.

Ses yeux gris un peu étirés comme ceux des chats et ses longues mains fines et blanches étaient faits pour supplier. Son visage avait une douceur extrême, presque provocante, qui semblait avoir besoin d'une toile de fond tourmentée et violente pour resplendir, à la façon des pierres précieuses qui ne sont jamais mieux mises en valeur que par un écrin tapissé de rouge sanglant. La souplesse même des gestes de Barbara appelait l'instrument de contrainte qui, en les figeant, en révélerait davantage le délié. John William avait beau s'en défendre, il admettait qu'on ne résistât pas au désir d'immobiliser cette ravissante jeune fille, comme on rêve que le danseur qui s'élance reste suspendu au-dessus du corps de ballet et ne touche plus terre avant qu'on ait pu admirer jusqu'à satiété son envol impossible.

— Les torrents de sang slave qui lui coulent dans les veines font que Natalia exagère toujours tout, dit Barbara en riant. Martyrisée, moi ? Voulez-vous que je me déshabille, inspecteur ? Vous pourrez constater que mon corps ne porte aucune trace du moindre sévice. Je suis intacte, à tous points de vue.

— À tous points de vue ? releva-t-il. Que voulez-vous dire ?

Elle le regarda droit dans les yeux et, sans paraître nullement troublée, déclara qu'elle était vierge.

— J'accepte qu'un homme pose ses mains sur moi, ajouta-t-elle, et je ne déteste pas être embrassée. Mais les choses s'arrêtent là. Le reste me répugne.

— Même avec sir Philip ?

Elle rit à nouveau, faisant voler ses cheveux clairs :

— Surtout avec sir Philip ! D'ailleurs, il est très gentil et il se contente de ce que je lui permets. Mais vous êtes très perspicace, inspecteur, comment avez-vous deviné ? Mon Dieu ! poursuivit-elle en se mordant les lèvres comme une enfant prise en faute, pourvu que milady n'aille rien soupçonner ! Je serais sans doute punie…

— Cessez de prononcer des mots qui vous vont trop bien ! explosa John William qui, au comble de la nervosité, venait de renverser les cacahuètes sur le tapis.

Cette fille aurait certainement dû être passée par les armes à l'âge de cinq ans, quand ses parents s'étaient aperçus qu'elle était à ce point adorable et troublante.

Pourquoi donc, la première fois qu'il l'avait vue, ouvrant la portière de la Rolls-Royce blanche, s'était-il persuadé qu'elle avait de trop grands pieds et qu'aucun gentleman de la City ne se retournerait sur elle ? La traversée à bord du *Tapsalteerie* avait dû ébranler ses facultés de jugement à un degré considérable, car Barbara possédait des pieds parfaits – il le discernait d'autant mieux à présent qu'elle s'était débarrassée de ses souliers et donnait de l'aise à ses orteils en les faisant gentiment remuer sous ses chaussettes bleu ciel.

— Donc, dit-il en essayant de rassembler ses esprits, vous n'aviez aucune raison d'en vouloir à miss Benton ?

— Tout le monde avait une raison ou une autre de lui en vouloir. Mais il en va ainsi avec n'importe quel être humain, je suppose.

— Mais vous, insista-t-il, vous personnellement ?

Elle renversa légèrement son visage, comme si elle l'appuyait sur un oreiller imaginaire :

— J'étais un peu lasse de jouer à Peggy, je le reconnais. Surtout que, cet été, le jeu avait pris une tournure que je n'aimais pas.

— Voulez-vous m'expliquer cela ?

— Quand ils sentent qu'ils vont devoir interrompre leur œuvre, certains romanciers s'arrangent pour faire mourir leur personnage principal. Je crois qu'ils détestent l'idée que quelqu'un d'autre s'en empare après eux et continue d'en tirer les ficelles. Avant de disparaître, Agatha Christie a réglé son compte au cher vieil Hercule Poirot.

John William, qui avait récupéré à peu près toutes les cacahuètes répandues sur le tapis, les laissa tomber sur son shetland, d'où elles roulèrent sur son pantalon, semant partout des grains de sel et de minuscules éclats de peau brune.

— Vous êtes maladroit, remarqua Barbara.

— La question n'est pas là, répliqua l'inspecteur avec agacement.

Il se secoua avec énergie, tout en se demandant s'il dénicherait dans cette île perdue un détachant ayant un quelconque pouvoir sur la graisse d'arachide.

— Êtes-vous en train de me dire que miss Benton voulait vous tuer – enfin, tuer Peggy ? reprit-il.

— Oh ! non. Pas si bête, la vieille miss Benton ! Elle se méfiait de son éditeur. Robin J. Robin est un malin, vous savez, et il aurait trouvé le moyen de ressusciter Peggy, même si miss Benton l'avait coupée en morceaux. Elle avait eu une bien meilleure idée : compromettre Peggy, écrire un dernier volume où cette gourde se serait montrée sous un si mauvais jour qu'elle aurait perdu son public. Bref, elle s'apprêtait à transformer son héroïne si pure, et même si mièvre, en une véritable petite putain. Je vous l'ai dit hier, en venant vous chercher au bateau, conclut-elle sur un ton de reproche.

— Ça ne m'avait pas frappé. J'ignorais qu'il y eût un rapport aussi étroit entre Peggy et vous. Donc, miss Benton voulait vous infliger un amant. Arthur Stockerton, si je me souviens bien ?

— Le gardien de phare, oui.

— Pardonnez-moi une question sordide : Dune Benton envisageait-elle d'assister à… eh bien, disons à vos ébats avec ce Stockerton ?

— Non, elle se contentait d'entendre mes récits.

— Elle se « contentait » ? Voulez-vous dire qu'il y ait eu commencement d'exécution ?

Barbara fit battre ses paupières, et John William

put remarquer qu'elle avait de longs cils qui tenaient délicatement recourbés sans l'assistance d'aucun rimmel.

— Je suppose, dit-il avec prudence, que cela vous contrarierait beaucoup de m'en révéler un peu plus ?

Barbara consentit à relever ses yeux. Ils étaient à peine plus troubles qu'il y a un instant. Sheen se demanda si ce n'était pas d'abord cela qui la faisait ressembler à une poupée : des yeux trop limpides pour être vrais et qui ne trahissaient aucun sentiment, qui brillaient simplement d'une lumière intense mais tranquille.

— C'était le deuxième ou le troisième soir après son arrivée. Elle m'entraîna dans le chemin creux qui descend vers la mer en contournant le bourg. De chaque côté, il y a des murets bas faits de pierres empilées les unes sur les autres. Elle s'amusait à marcher sur la crête d'un de ces murets, les bras étendus comme une funambule. Je lui dis qu'elle avait l'air plutôt en forme pour quelqu'un d'aussi malade et que je serais incapable d'en faire autant sans me flanquer par terre.

« Là-bas, au bout du chemin, le phare jetait son éclat blanc, toutes les cinq secondes. Il illuminait miss Benton. Celle-ci finit par descendre de son mur et me passa un bras autour des épaules – ce n'était pas un geste d'affection, non, c'était pour m'empêcher de me sauver. Ses doigts s'enfoncèrent dans ma chair. "La lumière sur la mer, me dit-elle, c'est Arthur. La nuit, sa lumière entre dans ma chambre, elle glisse sur mon lit, elle vient jusque sous mon menton. C'est un peu comme si Arthur Stockerton me touchait. Il y a des années que je suis amoureuse de lui. Toi, tu le trouves hideux, repoussant. Tu es une petite sotte qui n'entend rien aux hommes. J'ai bien songé à proposer de l'argent à Arthur. Mais l'argent, il s'en moque. Il n'aime que la lumière et la solitude, et il les a déjà." Elle cessa de me meurtrir les épaules pour me caresser le visage, et elle dit encore : "Mais toi, ma chère Peggy, il te prendra. Et tu me raconteras, comme tu racontes toujours, en imitant les voix, en refaisant les gestes. Cet hiver à Londres, quand je mettrai la scène au propre, je réussirai peut-être à imaginer que…" Elle se tut. Je crois qu'elle pleurait. Mais comme il commençait à pleuvoir, je ne peux pas en être sûre.

Barbara s'interrompit. La porte venait de s'ouvrir, sir Philip entrait dans la pièce :

— Nous vous attendons, inspecteur. Vous ne devez rater le pudding de Mrs. Selingwood pour rien au monde.

Déjà, Barbara s'était levée et gagnait la salle à manger. Dans le mouvement qu'elle fit, sa robe s'évasa et tournoya autour d'elle, dégageant un parfum à base de muguet.

John William se rappela que le muguet contenait une substance vénéneuse, la convallatoxoside, susceptible d'arrêter les battements du cœur.

C'est alors qu'il aperçut, parmi les serviettes en papier posées sur le bar roulant, un fragment de cahier d'écolier. Il le prit et lut : *La vie est décidément trop bête. Je vais me fourrer la tête dans la cuisinière à gaz. Signé : lady Patricia.*

6

L'après-midi s'écoula sans que John William se retrouvât seul avec Barbara.

Elle ne se tenait jamais loin de lui et son parfum de muguet restait obsédant, mais il n'osait pas la prier de le suivre à l'écart pour lui conter ce qui s'était finalement passé entre Arthur Stockerton et elle. Sans doute était-ce son devoir et son droit, mais il craignait qu'on lût sur son visage le trouble que la jeune fille faisait naître en lui. Or ce trouble grandissait, et l'inspecteur devinait qu'il n'allait pas tarder à devenir du désir pur et simple – ce qui est une façon de parler, car le désir amoureux, bien souvent, est au contraire dangereusement impur et complexe. En tout état de cause, la sagesse voulait que John William s'éloignât de Barbara et réservât à Harris Wabbit le soin d'interroger la jeune fille.

Pour sa part, il reçut les témoignages de Mrs. Selingwood, du jardinier, du docteur Hadley venu prendre le thé et de John McNeggan, le vieux ramasseur de varech qui avait découvert le cadavre.

Ces personnes, prolixes en détails comme toutes

celles qui n'ont rien d'essentiel à dire, ne lui apprirent pas grand-chose à propos du crime. Par contre, après les avoir entendues, il connaissait la généalogie de tous les habitants de l'île, les circonstances de la plupart des accouchements depuis 1946 – principalement ceux de Mrs. Selingwood qui avait eu sept enfants –, quelques savoureuses recettes à base de varech frais, le temps pourri qui avait régné sur Greenhill Island au cours des trente derniers étés, et les raisons pour lesquelles Mr. Cairnbair, le boucher, qui s'était fâché avec Mr. Uppercromby, le grainetier, ne mettait plus de pistaches dans ses pâtés, sauf le jour anniversaire du couronnement de la Reine.

Il eut aussi à subir les protestations, d'ailleurs justifiées, de sir Philip qui réclamait qu'on voulût bien faire une situation décente au corps de sa mère qui ne pouvait rester éternellement dans sa chambre lambrissée de Benton House.

Moralement épuisé, à la fois soulagé et furieux de s'éloigner de Barbara, l'inspecteur rejoignit lady Patricia sur la plage de Loch Ennyrd, à dix-huit heures comme ils en étaient convenus.

Mis à part le cap Horn un jour de tempête, pouvait-il exister au monde un endroit plus débilitant que Loch Ennyrd ?

En se retirant, la mer découvrait un univers agressif et glauque, fait de roches acérées aux éperons tournés vers le large comme pour éventrer bateaux ou nageurs qui voudraient y aborder, d'algues gluantes agitées de longs frissons malsains, de flaques d'eau noire d'où montait une odeur de vase et de coquillages en décomposition.

L'inspecteur continuait à ne pas comprendre ce qui avait pu inciter – ou contraindre? – Dune Benton à quitter son cottage pour venir s'échouer sur un rivage créé davantage pour les délices des naufrageurs que pour celles des vieilles dames.

Lady Patricia l'attendait, debout à la limite de l'écume, le regard tourné vers l'horizon.

De loin, avec le vent qui soulevait les pans de sa cape de laine brune, elle évoquait ces jeunes goélands qui n'ont pas encore revêtu leur plumage blanc et s'essayent à voleter dans la brise. De près, elle avait simplement l'air d'une femme qui aurait bientôt trente-six ans et ne savait pas si son avenir serait fait d'enchantements ou de désillusions. Son arbre de vie penchait déjà du côté où il allait tomber, mais elle était encore dans l'incertitude quant au sens de la chute.

Elle accueillit l'inspecteur par un sourire crispé :

— La mer n'est pas encore descendue assez bas pour que je puisse vous montrer ce pourquoi je vous ai donné rendez-vous. Mais ce soir, le coefficient de marée atteint 92. Vous n'aurez pas trop longtemps à patienter.

— Pour passer le temps, milady, voulez-vous prendre connaissance de ceci?

Il lui tendit le fragment de cahier où elle était supposée annoncer son suicide. Elle le déchiffra sans émotion apparente :

— Toujours le corbeau, n'est-ce pas?

— On le dirait bien. Même qualité de papier, même écriture.

— Voilà un volatile bavard, mais mal renseigné. Je serais bien en peine de me tuer en respirant le gaz de la cuisinière : depuis Pâques, nous avons renoncé au butane pour nous brancher sur le tout électrique.

— Dois-je en conclure que ce message date de six mois au moins ?

Elle haussa les épaules. Tout ce qu'elle pouvait dire, c'était que son nouveau four électrique ne valait pas celui à gaz pour le gigot à la broche, mais qu'il était supérieur en ce qui concernait la cuisson des meringues. Pour le reste, l'inspecteur principal pouvait conclure ce qu'il voulait.

— C'est tout de même fort singulier, observa Sheen, j'étais persuadé que notre corbeau était un familier de Benton House. Mais pour ignorer un détail aussi important qu'un changement d'énergie, il faut admettre qu'il a fait son nid à l'extérieur.

— Son ignorance va plus loin, inspecteur. Il est surtout un piètre psychologue. Car si quelqu'un n'a jamais pensé au suicide, c'est moi. Je n'ai au contraire qu'une envie : vivre. Et j'ajoute : vivre enfin.

Il considéra le paysage hostile qui les entourait, et devina :

— Et surtout vivre ailleurs, n'est-ce pas ? Mais croyez-vous que sir Philip vous suivrait ? Il semble très attaché à Greenhill Island.

— Il était aussi très attaché à sa mère. La mort

de Dune est un premier sevrage. Les autres ne lui paraîtront pas aussi douloureux.

— Mais si, comme c'est probable, vous héritez le domaine, qu'en ferez-vous ?

— On le vendra, bien sûr.

Elle n'avait pas osé dire « nous » le vendrons et s'était réfugiée derrière le pronom impersonnel.

— Je me demande, dit John William, qui pourrait être intéressé ? Il doit falloir une tournure d'esprit particulière pour vivre à Benton House. Avez-vous jamais reçu une proposition d'achat ?

— Tant que ma belle-mère était de ce monde, les gens considéraient le cottage comme un lieu plus ou moins sacré. Le sanctuaire de la célèbre miss Benton, ou quelque chose d'approchant. À présent qu'elle est morte, ce n'est plus qu'une baraque comme les autres. Je vois très bien quelqu'un de Baker Street s'emballer pour elle – le genre gynécologue harassé qui veut pouvoir répondre, une fois de temps en temps et sans mentir, qu'il est coincé sur une île et que Mrs. Johnson n'a qu'à accoucher sans lui. C'est fort possible, au demeurant : j'ai mis David au monde sans l'aide de personne. La nuit où il est né, le docteur Hadley pataugeait dans je ne sais plus quelle cour de ferme, occupé à soigner une génisse parce que le vétérinaire n'avait pas réussi à quitter Thurso à cause de l'état de la mer. Il n'y avait au cottage que Philip et Mrs. Selingwood. Et à dire vrai, ils n'étaient capables que de me prédire les pires choses et de faire bouillir de l'eau.

La mer s'étant retirée plus loin, lady Patricia s'avança sur la portion de sable humide et gris qui venait d'être découverte. Elle désigna un rocher qui figurait assez bien une tête d'éléphant :

— Creusez ici, sous cette pierre, et vous trouverez la vérité. Pardonnez-moi de ne vous encourager que du regard, mais je viens de me faire les ongles en prévision des obsèques de Dune. Je ne porterai pas de gants, car les gants vous empêchent de sentir si les gens ont les mains moites. S'ils n'ont pas les mains moites, c'est la preuve que leurs condoléances ne sont pas sincères.

Sheen considéra le rocher drapé de longues algues, et il dit :

— Épargnez-moi le travail du chien qui déterre son os. Qu'est-ce qu'il y a là-dessous ?

Mais elle s'était assise sur le rocher et dévisageait le policier avec ironie :

— Allons, Mr. Sheen, un petit geste ! Il n'y a pas beaucoup de distractions, dans cette île.

— Me voir creuser en est donc une, milady ?

— Je n'en sais rien. Je vous le dirai quand vous l'aurez fait. J'ignore si vous creusez avec talent.

Il s'approcha d'elle. Elle avait fait sauter ses escarpins et balançait ses pieds nus. Encore un peu, pensa John William, et elle me demande de m'agenouiller pour lui remettre ses souliers.

— Histoire connue, fit-il sans enthousiasme. Quand je réglais la circulation, dans une certaine banlieue de Londres dont je préfère oublier le nom, des garnements trouvaient très amusant d'attraper des chats, de les faire grimper dans un arbre et d'appeler ensuite le policeman de service pour qu'il aille les récupérer.

— Et vous montiez dans l'arbre ? questionna-t-elle avec un intérêt marqué.

— Assurément. Mais il s'agissait de pauvres chats, et surtout de pauvres gosses. Leurs parents ne les avaient jamais emmenés voir les clowns. Ce qui n'est pas exactement votre cas, milady.

— Qu'en savez-vous ?

— Vous êtes une enfant gâtée. Vous ne vous rendez pas compte de votre chance. Vous habitez une jolie maison, vous avez pour compagnon un homme tranquille et bien élevé, la fortune de votre belle-mère vous a toujours épargné les soucis d'argent. À l'instant même, j'échangerais volontiers ma place contre la vôtre. Qu'est-ce qui ne va pas, lady Patricia, pour que vous vous conduisiez ainsi ?

Elle se détourna, furieuse.

Il la décevait, lui non plus ne comprenait pas qu'elle fût malheureuse. Il se comportait de façon stupide, avec des airs supérieurs de rédacteur du courrier du cœur : *Chère Âme-en-Détresse, pourquoi honnir un mari consciencieux, avec situation stable et belles espérances de retraite. Que croyez-vous donc que soit la vie ? Posez là tous ces romans que vous dévorez – en fait, ce sont eux qui vous mangent – et regardez plutôt la télévision comme le font des millions de femmes. Chère Âme-en-Détresse, la Création se tord dans les douleurs de l'enfantement, et vous osez vous plaindre de trop de quiétude ?*

Oui, elle se plaignait, certes oui ! Et même, elle allait parfois jusqu'à hurler sa plainte, et on ne l'entendait pas. Elle se moquait bien que cette plainte fût légitime ou non : elle existait en tant que plainte, et cela lui suffisait.

Elle descendait quelquefois jusqu'au port, à l'arrivée du ferry.

Elle espérait qu'un homme en débarquerait et qu'il la verrait, serrant frileusement son imperméable, debout sous le réverbère, le seul de l'île, dont l'ampoule orange, mal vissée, clignotait de façon exaspérante. Si cet homme lui accordait seulement un regard de pitié, elle courrait vers lui et lui dirait : « Qui que vous soyez, quel que soit votre avenir, emmenez-moi loin d'ici ! »

Mais le *Tapsalteerie* n'amenait jamais d'aventuriers. Il transbordait surtout des brouettes et des sacs de ciment, des barils de saumure et des cageots de pommes, des hebdomadaires et du tabac, et parfois une petite automobile en l'honneur de laquelle on remettait en marche la vieille grue qui rouillait au bout du quai.

Elle avait eu du mal à dissimuler sa joie quand Philip avait annoncé qu'il devait appeler la police et demander un inspecteur. Elle s'imaginait – les romans, ah ! toujours les romans ! – que les détectives avaient quelque chose de solaire qui venait à bout des brouillards les plus poisseux, qu'ils fonctionnaient un peu comme des détergents. Elle ne craignait pas d'être percée à jour ; au contraire, elle souhaitait être décapée, bousculée, c'est-à-dire comprise.

Or John William Sheen la morigénait comme si elle n'était qu'une petite fille capricieuse.

— Pauvre type, siffla-t-elle entre ses dents.

— Pauvre type, hein ? répéta l'inspecteur sans se formaliser. J'ai l'habitude, milady. Certains vont plus loin et me crachent au visage. Pour de vrai. Une fois inculpés, ça ne leur vaut pas précisément l'indulgence de la Cour. Mais nous n'en sommes pas là, reprit-il après un instant de silence, et je suppose que je ferais aussi bien de me mettre à creuser.

Il s'accroupit sur le sable détrempé. Tout près, la mer grondait. Parfois, une vague attardée l'éclaboussait. Les pieds nus de lady Patricia se balançaient si près de lui qu'il aurait pu les mordre.

Sous le sable, il trouva cinq bouteilles de vodka. Quatre étaient vides, la dernière pleine encore.

— Dune buvait, laissa tomber lady Patricia. Cette vieille folle était une alcoolique, une vraie, elle faisait ça en cachette, toujours après le coucher du soleil. C'est ici qu'elle venait boire. Je le sais pour l'avoir suivie. Ses petites promenades nocturnes m'intriguaient.

— Elle était bien maigre pour une éthylique, observa Sheen.

— Grâce au cancer qui compensait. Sans lui, elle aurait été bouffie de partout.

Il remonta une des bouteilles, souffla sur l'étiquette pour la débarrasser de sa croûte de sable. C'était de l'excellente vodka en provenance directe de Géorgie.

— Ça vient de la ville natale de Staline, confirma lady Patricia. Eu égard à la passion que ma belle-mère affichait pour ce salaud, des habitants de Gori lui en envoyaient chaque année une trentaine de bouteilles.

— Qu'est-ce que Staline vient faire là-dedans ?

— Dune lui avait été présentée après la guerre, au Kremlin où elle accompagnait une délégation d'écrivains occidentaux. N'ayant lu aucun de ses livres, Staline lui fit le premier compliment qui lui vint à l'esprit : « Vous êtes très en beauté ce soir, miss Benton… » À ma connaissance, Staline fut le seul homme à lui avoir jamais dit qu'elle était belle. Voilà pour l'anecdote, conclut lady Patricia, car ma belle-mère aurait tout aussi bien pu se soûler au whisky écossais ou à la bière allemande.

— Un petit coup, sans rancune ? proposa l'inspecteur en faisant sauter la capsule de la bouteille pleine.

Il la lui tendit. Il n'y avait pas de verre, il fallait boire au goulot. Sheen comptait bien retrouver sur le goulot, quand son tour viendrait d'y porter ses lèvres, le parfum de miel de la bouche de lady Patricia. Mais elle essuya malheureusement la bouteille avant de la lui rendre.

Alors, il lui demanda en quoi cette vodka enfouie sous le sable expliquait le décès de Dune Benton.

— Mort accidentelle, dit la jeune femme. Cette nuit-là, Dune boit un peu plus que de coutume. Elle se sent bien, une chaleur délicieuse coule dans ses veines. Elle s'avance vers la mer, y entre jusqu'aux genoux, elle n'en sent pas la froidure, elle rit et s'enhardit, c'est peut-être le dernier bain de mer de sa vie, elle continue, elle a maintenant de l'eau à la taille, puis à la poitrine. Et c'est l'hydrocution, foudroyante. Elle s'effondre, la mer la roule un peu, la meurtrit contre les rochers, provoquant les hématomes que cet âne de Hadley a pris pour des traces de strangulation.

John William Sheen la dévisagea avec une admiration sincère.

Il était habitué à ce que des personnes plus ou moins impliquées dans un meurtre, ou en danger relatif de l'être, tentent de faire passer celui-ci pour un accident. Mais le scénario proposé avait rarement la simplicité et l'apparente évidence de la mort de Dune Benton telle que venait de l'exposer sa bru. Or si les crimes sont le plus souvent comparables à des mouvements d'horlogerie sophistiqués, les accidents sont d'une pureté effroyable et ne mettent en jeu qu'un strict minimum de paramètres. C'était le cas ici : ce que racontait lady Patricia n'était sans doute pas vrai, mais comme c'était crédible !

Pour peu que l'autopsie confirmât un taux d'alcoolémie significatif dans le sang de Dune Benton, ce qui était à prévoir après la découverte de la vodka, John William Sheen et Harris Wabbit auraient fort à faire pour ramener la théorie du meurtre à l'ordre du jour.

Tandis qu'il réfléchissait, lady Patricia avait abandonné le rocher en forme de tête d'éléphant, remis ses escarpins, et elle jetait à présent les bouteilles de vodka de Géorgie loin dans la mer.

Sheen ne put s'empêcher de sourire :

— Je songe à l'opinion que des millions de sujets britanniques, depuis des années, se font de miss Benton. Pourtant, il n'y a que vingt-quatre heures que je suis ici, et cette réputation a déjà volé en éclats : l'exquise vieille dame, sacrée « grand-mère idéale » par plusieurs sondages, adulait la mémoire d'un des plus fieffés dictateurs que la Russie ait connus, elle s'enivrait honteusement, n'avait aucune imagination propre et consacrait ses vacances à ligoter de toutes les façons possibles une adorable jeune dinde qu'elle payait un salaire d'esclave. Si votre hypothèse de l'hydrocution n'est pas la bonne, milady, si Mr. Wabbit et moi-même prouvons finalement qu'il y a eu crime, de qui fera-t-on vraiment le procès ? Du meurtrier ou bien de sa victime ?

— Il y a des gens, en effet, qui devraient éviter de se laisser assassiner.

La lumière sur la plage ne venait plus que du miroitement lointain des vagues qu'effleurait le soleil en train de disparaître. Des nuées sombres se rassemblaient au-dessus de l'horizon, précédées par de brusques secouées de vent. La nouvelle tempête prédite par Sheen n'allait pas tarder à déferler.

— J'ai fait mon devoir, dit lady Patricia. Moi, je rentre.

Et elle s'éloigna en hâte, comme si elle craignait que quelque chose ne surgît de la mer pour la prendre et l'emporter. Peut-être éprouvait-elle une sorte de peur sourde pour avoir trahi l'un des secrets de Dune Benton. Les femmes sophistiquées qui s'habillent, se parfument et se maquillent avec recherche, ont fréquemment ces terreurs de petites filles superstitieuses. Plus le rouge à lèvres est intense et épais, mieux il masque la lividité des muqueuses.

Sheen, qui avait pensé un instant que lady Patricia avait fort bien pu enfouir elle-même les bouteilles dans le sable, fut certain qu'elle n'avait pas triché, sur ce point du moins.

Il la rejoignit et, parce qu'il commençait à faire un froid vif, il l'aida à ramener sa cape brune sur ses épaules.

— Vous semblez tenir à la version d'une mort accidentelle, milady. Lorsque la thèse du suicide s'est présentée, vous n'avez pas autant insisté pour la soutenir. Pourtant, suicide ou accident, n'est-ce pas un peu la même chose ? L'un et l'autre éliminent pareillement le meurtre, dont j'admets qu'il vous soit désagréable.

— Désagréable ? Catastrophique, oui ! Dune Benton avait contracté une assurance sur la vie qui s'annulait en cas de meurtre ou de suicide.

— Je l'ignorais. C'est très intéressant. Au bénéfice de qui cette police a-t-elle été souscrite ?

— Moi-même.

Sheen la regarda, stupéfait. Voilà qui ne cadrait plus du tout avec ce qu'il avait cru comprendre des sentiments cordialement venimeux que se portaient miss Benton et lady Patricia. À moins que cette assurance n'ait été, de la part de la vieille dame, une sorte de bouclier levé contre les tendances meurtrières qu'elle supposait peut-être à sa belle-fille.

Lady Patricia parut deviner sa pensée et sourit :

— Au début de mon mariage, Dune Benton avait beaucoup d'affection pour moi. C'est tout juste si elle ne me plaignait pas d'avoir épousé son fils, dont l'avenir ne s'annonçait pas sous un jour particulièrement brillant. Philip papillonnait d'un métier à l'autre, éprouvant des bouffées d'enthousiasme qui retombaient aussitôt – et retombait aussi notre train de vie, parfois fort bas. Alors, Dune me comblait de tout ce que Philip était incapable de m'offrir : les belles voitures, les robes du soir, les quelques bijoux que je possède, tout cela c'est elle. L'assurance sur la vie faisait partie de ce qu'elle appelait « de justes compensations pour cette chère petite qui n'a peut-être pas misé sur le meilleur cheval de la course ». Mais plus elle me gâtait, plus je lui en voulais.

Son regard s'était durci. Elle revoyait certains soirs de Noël, certains repas d'anniversaire où miss Benton, se souciant peu qu'on fêtât la naissance du Christ ou celle de Patricia, se sacrait centre du monde, éclipsant tout ce qui n'était pas elle et son encombrante générosité.

— Il y a des gens qui ne savent pas donner, reprit la jeune femme. Vous avez plutôt l'impression qu'ils vous prennent quelque chose – votre « oh ! » de surprise, votre émerveillement, votre sourire, votre gratitude. C'est comme s'ils vous passaient autour du cou les rubans qui fermaient le paquet, et vous tiraient à eux comme un chien au bout d'une laisse. Pendant des jours et des jours, il fallait parler du cadeau, avoir l'air de fondre de reconnaissance. Au point que je me demandais : « Est-ce vraiment à moi ? » Une fois, avant même de déballer le présent qu'elle me tendait, je lui ai fait observer qu'elle n'aurait pas à dépenser tant d'argent si seulement elle avait su élever son fils, en faire un homme indépendant, audacieux, ardent et travailleur. Alors, elle m'a giflée. Depuis, nous ne nous adressions plus la parole, sauf pour des questions pratiques et, devant des étrangers, pour ne pas mettre nos hôtes mal à l'aise. Elle ne me fit plus jamais le moindre cadeau, pas même une fleur cueillie sur le bord du chemin.

— Vos relations parvenues à ce point de tension, pourquoi miss Benton n'a-t-elle pas résilié cette assurance ?

— Parce que ainsi elle continuait de passer pour quelqu'un de bien, qui a du cœur, de l'indulgence, tout ça… Et moi, j'étais une méchante petite femme étriquée, intolérante et rancunière. En tout cas, inspecteur, ajouta-t-elle d'un ton curieusement dégagé, vous conviendrez que cette histoire d'assurance m'écarte de la liste des suspects : tuer Dune Benton était contraire à mes intérêts.

— Sauf dans l'hypothèse d'un crime parfait, ne put-il s'empêcher de remarquer.

Il commençait à pleuvoir dru quand il parvint à l'auberge du Chevalier rouge et les deux canards. Harris Wabbit l'attendait au bar où il était imprudemment entré dans une partie de fléchettes contre trois pêcheurs de Greenhill. À l'arrivée de John William Sheen, le surintendant réglait l'amende d'une troisième tournée générale de gin.

— Le truc, dit Wabbit pour expliquer sa déconfiture, c'est que ces messieurs ont les bras plus longs que moi. Non que leurs mères les aient mieux réussis que la mienne, mais ils passent leur temps à tirer hors de l'eau des filets qui pèsent un âne mort, et cela depuis l'âge de dix ou douze ans. Vous conviendrez, Sheen, qu'il n'y a rien de tel pour vous étirer les muscles et les os. Mes adversaires ont donc un avantage sur moi car, aux fléchettes, quelques centimètres d'allonge en plus ou en moins font toute la différence.

Le bar baignait dans une lumière verdâtre et fade qui évoquait un fond de rivière. Cette impression était encore renforcée par la présence de grands poissons naturalisés accrochés aux murs, et surtout par une humidité redoutable due aux vareuses détrempées qui séchaient sur le dossier des chaises.

Lorsque Sheen entraîna Harris Wabbit vers la salle à manger, les pêcheurs virent disparaître le surintendant avec regret.

Ils rangèrent soigneusement les plombs minuscules dont, à son insu, ils avaient lesté les fléchettes de Wabbit pour les déséquilibrer.

Sheen et son compagnon s'attablèrent près de la cheminée où flambait un bon feu. Il était tard, la plupart des pensionnaires avaient déjà soupé et buvaient maintenant des tisanes brûlantes dans le petit salon contigu où était installé le poste de télévision.

Après avoir pris connaissance du menu du soir, qui consistait en toasts au beurre de crevettes, potage aux pois et court-bouillon de colin avec des pommes vapeur, l'inspecteur principal désigna les carreaux sur lesquels ruisselait la pluie :

— Wabbit, il va falloir faire quelque chose.

— À propos du temps ? Il est normal pour la saison.

— À propos du cadavre de la vieille dame. Pardonnez-moi d'évoquer à table un sujet aussi scabreux, mais Benton House n'est pas vraiment une morgue.

— La mort est une chose dégoûtante à tous points de vue, dit Harris Wabbit. Croyez-vous que les gens du cottage soient incommodés ?

— Cela ne saurait tarder. Si le *Tapsalteerie* est bloqué par la mer trop forte et que la grève des avions se poursuit, ne pouvez-vous appeler un hélicoptère ?

Le surintendant avait essayé. Mais aucun pilote ne voulait risquer son appareil contre des vents oscillant entre 9 et 10 Beaufort.

— Je me demande, ajouta-t-il, pourquoi l'assassin n'a pas eu la bonne idée de faire disparaître le corps. Ce ne sont pas les cachettes qui manquent dans l'île.

— Arrêtons-nous un instant à ce que vous venez de dire, proposa Sheen. En effet, pourquoi un cadavre ? Pour accréditer la thèse du suicide ou de la mort accidentelle ? Espérance absurde, à cause des traces d'étranglement. Ou alors, doit-on supposer que le meurtrier n'a pas eu la force physique de traîner le corps pour le dissimuler ailleurs ? En ce cas, les soupçons se portent à nouveau sur Barbara. Elle est la seule, au cottage, à être relativement petite et frêle.

— J'ai une autre solution, s'empressa Wabbit. L'assassin ne fait pas disparaître le cadavre parce que cet assassin est fou. Or je vous rappelle que j'ai un fou sous la main, il a tué sa femme à l'heure du déjeuner, il se nomme Oliver McFynn.

— L'avez-vous questionné à propos de Dune Benton ?

— J'ai même commencé par là. Il a ricané.

— Ricané ? s'étonna Sheen.

— Oui, et avec une belle impudence ! Il prétend que ni vous, ni moi, ni toutes les polices d'Angleterre et d'Écosse réunies ne sauront jamais qui a tué la vieille dame.

Margaret apportait la soupe qui sentait bon le jardin potager, l'épicerie de village avec ses graines entassées dans des sacs de chanvre.

Tandis qu'elle les servait, Sheen en profita pour réfléchir. Il ne parvenait pas à croire que le pauvre dément qui avait massacré sa femme à coups de marteau fût lié d'une manière ou d'une autre au meurtre de Dune Benton.

Ce n'était pas la même façon de donner la mort, et surtout ce n'était pas le même monde. À Greenhill Island, on se mariait selon son rang ; et sans doute tuait-on de même.

McFynn avait-il seulement jamais rencontré Dune Benton ? La romancière n'était pas du genre à faire réparer quoi que ce soit : quand un objet se brisait ou se détraquait, elle devait le jeter et acheter son équivalent, en plus coûteux si possible. À dire vrai, seules des personnes sentimentales fréquentaient la boutique d'Oliver McFynn, des personnes qui tenaient à une horloge parce que celle-ci avait sonné pour un rendez-vous, une séparation, une naissance ou un deuil.

Le risque était que sa folie probable poussât le vieux McFynn à s'accuser du meurtre de Dune Benton, ainsi d'ailleurs que de tout autre assassinat encore sans coupable dont il lirait le compte rendu dans la presse. La mégalomanie, songeait l'inspecteur, allait souvent de pair avec ces démences sanguinaires.

— Wabbit, dit-il en relevant le nez de dessus son potage, tenez McFynn en dehors de tout ça. S'il lui vient la fantaisie de prendre à son compte la mort de miss Benton, l'affaire nous file entre les doigts pour passer dans les mains de la Justice, et nous n'avons plus qu'à faire nos valises.

Harris Wabbit faillit en renverser son assiette. Il dévisagea son compagnon avec ahurissement :

— Parce que vous n'avez pas envie de rentrer ?

— Il pleut certainement autant à Glasgow et à Londres. Et je ne sais pas faire la soupe aux pois.

En réalité, John William Sheen eût trouvé navrant de quitter Greenhill sans avoir interrogé de plus près la jeune Barbara. Pour l'heure, l'expression « de plus près » n'avait pas de signification précise, sinon que l'inspecteur entrevoyait quelque chose de doux et d'agréable.

Harris Wabbit avait acheté les lainages et les cirés conseillés par Sheen. Tous deux les enfilèrent et, se regardant dans le miroir surmonté des bois d'un dix-cors qui ornait le hall de l'auberge, ils se trouvèrent ridicules.

— De plus, observa Wabbit, mon chandail sent fortement la naphtaline, c'est un article qu'ils ne doivent pas vendre souvent.

— Quelques bonnes cinglées de pluie là-dessus, dit Sheen, et il n'y paraîtra plus. Nous ressemblerons à ces braves gens qui vous ont plumé aux fléchettes.

Dehors, la tempête secouait tout ce qui tentait de s'opposer à ses ruées.

Rideau de fer baissé, le policeman Doug McBrand en faction devant sa porte privée de bec-de-cane, la petite boutique verte du réparateur d'horloges avait l'allure boudeuse d'une fillette mise au piquet. Les passants attardés se signaient en jetant un coup d'œil vers l'étage. Là-haut, derrière les volets clos, sa nuque sanglante reposant sur un oreiller brodé, Abigaïl McFynn dormait de son dernier sommeil. Au rez-de-chaussée, on entendait parfois grincer le mécanisme d'une horloge, et puis un carillon égrenait quelques notes éraillées.

Doug McBrand salua les deux détectives et les regarda s'éloigner vers le bas de la rue, en direction du port.

Alors, Margaret sortit de l'auberge et apporta au policeman une bonne assiette de soupe aux pois. Depuis des années, la servante du Chevalier rouge et les deux canards dorlotait le policeman. Doug et Margaret étaient aussi blonds l'un que l'autre, mais d'une blondeur presque livide, somme toute un peu malsaine. Chuchotant dans la nuit, blottis l'un près de l'autre sous la lumière orangée d'une enseigne, environnés par la fumée qui montait en spirale de l'assiette de soupe aux pois, ils avaient l'air de deux spectres conversant des aléas de la vie après la mort. Un chat errant les vit et s'arrêta net, l'échine hérissée.

Pendant ce temps, John William Sheen et Harris Wabbit avaient atteint le port.

— Nous allons là-bas, dit l'inspecteur en désignant le phare dressé à l'extrémité de la jetée. Je suis curieux de voir à quoi ressemble Arthur Stockerton. Ce doit être une figure extraordinaire pour qu'une vieille femme richissime mais agonisante ait rêvé d'en faire son amant.

C'est alors qu'il aperçut une silhouette comme agenouillée à la proue d'un bateau de pêche amarré au quai. Il reconnut Barbara. Elle aussi regardait dans la direction du phare. Elle pleurait.

7

John William Sheen s'élança vers le bateau de pêche, un petit cordier d'une dizaine de mètres, jaune et noir, que son franc-bord évasé faisait ressembler à un bourdon posé sur l'eau.

Mais tandis qu'il courait, obligé de regarder ses pieds car l'appontement était encombré de claies, de filins plus ou moins bien lovés, d'un grand désordre de chaînes, Barbara disparut.

Quand il parvint à sa hauteur, Sheen trouva le bateau désert : personne dans sa cabine avancée, aucune lumière derrière ses hublots ternis par le sel, aucun bruit non plus si ce n'est celui des aussières mal tendues frottant contre les vieux pneus faisant office de pare-battages.

— Barbara ? appela-t-il.

Un crabe vert détala, s'empêtrant parmi les algues visqueuses qui tapissaient l'aplomb du quai.

— Vous avez rêvé, Sheen, dit Harris Wabbit. Il n'y avait personne.

— Bien sûr que si, s'entêta l'inspecteur. Barbara était là, et elle y est probablement encore.

Harris Wabbit s'assit sur un amoncellement de claies, ôta un soulier et tenta d'en extraire le caillou qui s'y était niché :

— Elle refuse de se montrer ? Alors, elle a quelque chose à cacher.

Le surintendant commençait à détester cette enquête. C'était la première fois qu'il opérait sans l'assistance d'une voiture officielle chargée de le véhiculer, sirène hurlante, sur le lieu de ses investigations. Depuis son débarquement à Greenhill Island, il ne cessait d'arpenter des sentiers escarpés, des rues mal pavées, des quais glissants. Il s'était choisi un ciré trop grand, la pluie s'infiltrait sous son col et dégoulinait le long de son échine. Les brouillards latents, que la tempête ramenait sur l'île à chaque fois qu'ils faisaient mine de filer sur la mer, réveillaient ses tendances asthmatiques. Tout allait on ne peut plus mal.

Il posa un regard hostile sur le petit navire qui se balançait sur l'eau semée d'épluchures. Il prévoyait que Sheen allait lui demander de sauter à bord, de soulever le panneau de cale et de s'enfoncer dans les profondeurs du bateau à la recherche de Barbara. Cela devait être gluant de cambouis et d'entrailles de poissons, avec une puanteur de mazout à vous soulever le cœur. Les maisonnées des pêcheurs sentent le linge propre, leurs bateaux sont dégoûtants.

Mais Sheen, contrairement à ce que redoutait Harris Wabbit, se détourna du bateau :

— Je sais ce que la petite veut nous cacher, mon vieux Wabbit : ses larmes. Et ça, moi, je respecte.

Du coup, le surintendant éprouva un sentiment de frustration.

Telle était sa nature, et la raison pour laquelle le simple fait d'exister l'épuisait : il n'était jamais parfaitement comblé par la tournure que prenaient les choses, il avait toujours l'impression que le lot d'événements qui lui était imparti ne valait finalement pas celui auquel il avait échappé.

Alors, même si ce cordier était répugnant, il regrettait à présent de ne pas le fouiller en quête de Barbara éplorée.

À ses débuts, comme la plupart des policiers, il avait rêvé de porter secours à une petite fille en larmes. Mais la vie en avait décidé autrement. Dans les faubourgs et les terrains vagues de Glasgow, il avait surtout eu affaire à des délinquants hargneux qui allaient jusqu'à refuser ses cigarettes parce que c'était un flic qui les offrait. Personne ne s'était encore abattu contre sa poitrine en sanglotant, il n'avait jamais eu l'occasion de refermer ses bras sur quelqu'un, il avait dû au contraire les garder bien tendus pour braquer son arme de service. Une nuit, sur une autoroute, à un barrage, il avait ainsi tué un motocycliste qui s'enfuyait. L'homme était tombé. Wabbit avait voulu courir vers lui, mais ses chefs lui avaient ordonné de ne pas bouger. C'était à eux, disaient-ils, d'assumer la suite des opérations, d'identifier le malfaiteur abattu, de le faire emporter par une ambulance, de rédiger des rapports. Le lendemain seulement, Wabbit avait appris le nom de sa victime en lisant le journal. Ce matin-là, il avait aussi découvert une légère couche de moisissure sur son pot de confiture de groseilles. Et le grille-pain ne marchait pas. C'était encore un de ces jours où les choses vous narguent. Tout s'était mélangé dans sa tête. Il avait vomi dans l'évier en se demandant s'il y avait une telle différence entre des hommes comme lui ou le mort de l'autoroute, et les fourmis ailées qui, justement, s'agglutinaient sur les murs de sa cuisine.

Il proposa :

— Eh ! Sheen, juste un coup d'œil au rafiot ? Après tout, cette gosse est sur la liste des suspects…

Mais l'inspecteur principal s'éloignait déjà, courbant le front pour offrir moins de prise aux rafales.

Harris Wabbit fut bien obligé de lui emboîter le pas, tout en claudiquant à cause du caillou vicieux qui continuait de hanter sa chaussure gauche.

John William Sheen enfonça la touche de l'interphone scellé dans la muraille du phare :

— Ouvrez, Stockerton. Ici, l'inspecteur principal Sheen, de Scotland Yard, et le surintendant Harris Wabbit, de la police de Glasgow. Nous souhaitons recueillir votre témoignage à propos d'une affaire criminelle.

Il y eut un moment de silence ; du moins en ce qui concernait l'interphone, car autrement le vent s'enroulait en hurlant autour du phare, les vagues se fracassaient contre la digue, et dans le port les bateaux s'entrechoquaient.

Enfin, le petit haut-parleur grésilla.

— D'accord, dit Arthur Stockerton, mais je suis dans la lanterne. Je n'ai pas envie de descendre, alors vous allez devoir vous taper l'escalier. Ça tourne et ça fait trois cent soixante-trois marches.

Harris Wabbit gémit, mais Sheen colla ses lèvres contre l'interphone :

— Nous montons, Stockerton. Préparez du café, si vous avez ça.

— J'ai, dit le gardien. Refermez la porte derrière vous.

Ils entrèrent. Une odeur de cave les prit à la gorge. Devant eux, sans transition, un escalier de granit s'envolait en spirale vers le sommet du phare. Des ampoules protégées par des grillages éclairaient l'intérieur de la tour. Les degrés de l'escalier étaient jonchés de papillons de nuit desséchés. Sheen retrouva aussitôt l'impression d'angoisse qu'il éprouvait chaque fois qu'il se rendait dans une prison pour interroger un détenu.

Le phare comportait plusieurs pièces que l'escalier reliait entre elles, mais la disposition de cet escalier était telle que les locaux en restaient indépendants, sans faire office de paliers. On avait aménagé un magasin où le gardien entreposait ses vivres ainsi que le matériel nécessaire au fonctionnement et à l'entretien de la lanterne, une chambre de quart, une chambre de service et une cuisine. Chaque pièce, d'environ deux mètres sur quatre, était munie d'une cheminée et recevait le jour par deux fenêtres opposées aux vents dominants.

Sheen et Wabbit entreprirent de gravir les marches taillées à même le granit, suintantes d'humidité et rendues glissantes par le gazole servant à l'alimentation des groupes électrogènes.

Quelque trois cents marches plus haut, parvenus à la chambre de service, les policiers empruntèrent un escalier particulier, en fer, qui courait contre la paroi interne de la colonne jusqu'au palier de la lanterne.

Celle-ci se composait d'un feu tournant à éclats, comportant des optiques Fresnel à quatre lentilles.

Arthur Stockerton lubrifiait les engrenages. C'est à peine s'il se retourna pour saluer ses visiteurs.

Le gardien était un homme de petite taille, aux cheveux hirsutes, noirs et aussi gras que les marches de l'escalier. Ses membres étaient démesurément longs, les bras surtout, et semblaient avoir été empruntés à un autre être puis cousus sur son corps étroit et cylindrique. Il était d'une laideur déconcertante, si absolue qu'elle échappait à toute espèce de jugement ou de classification. Encore que Sheen ne pût s'empêcher, à propos de Stockerton, d'évoquer le Quasimodo de *Notre-Dame de Paris*, la bosse et la simplicité d'esprit en moins ; mais l'inspecteur n'allait tout de même pas jusqu'à imaginer feu miss Benton dans le costume d'Esméralda.

— Eh bien ? fit le gardien en s'asseyant sur le bâti supportant le système optique.

En grimpant vers le sommet du phare, Sheen s'était demandé quelles questions il pourrait bien poser à Arthur Stockerton. Rien ne reliait le vilain petit homme au meurtre présumé de Dune Benton, sinon les déclarations de Barbara concernant une idylle, d'ailleurs toute platonique, entre la romancière et le gardien du phare de Greenhill Island.

Mais sitôt parvenu sur la plate-forme qui courait

autour de la lanterne, l'inspecteur aperçut, sur sa gauche, le croissant pâle de la plage de Loch Ennyrd.

Depuis son perchoir, Arthur Stockerton s'était donc trouvé aux premières loges pour assister à ce qui avait pu se passer, là-bas sur la grève.

— Je crois qu'il était question de café, non ? rappela Wabbit qui avait du mal à reprendre son souffle.

— Il chauffe, dit Stockerton en désignant une casserole bosselée qui tressautait sur un réchaud à gaz.

— Le surintendant Wabbit et moi-même enquêtons sur la mort de miss Benton, dit Sheen. D'ici, il semble qu'on ait une sacrée bonne vue sur Loch Ennyrd.

— C'est sûr, reconnut le petit homme, mais à condition de regarder par là. Loch Ennyrd, c'est la terre. Moi, mon métier consiste plutôt à surveiller la mer. Voyez, dit-il en ouvrant un registre dont la couverture cartonnée figurait des veines de marbre noir, je note ici la direction et la force du vent, la visibilité, l'état de la mer, éventuellement les mouvements des navires doublant le cap Farlane.

— Avec des jumelles, ne pourriez-vous pas observer ce qui se passe sur le rivage ?

Arthur Stockerton sourit :

— Oui, je le pourrais. Et après, aller raconter qui couche avec qui ou donner le nom des filles qui, l'été, prennent leur bain à minuit à Loch Ennyrd. Mais ce que je vois, monsieur, je le garde pour moi.

Il servit le café. Comme la plupart des hommes

travaillant la nuit, il vouait au café un véritable culte. Il le versa dans des moques en terre vernissée avec une sorte de componction. Le breuvage était juste à la température voulue, corsé et sucré comme il fallait.

— Stockerton, insista Sheen, la loi vous fait un devoir de répondre à nos questions. La nuit où elle est morte, vous êtes certain de n'avoir pas aperçu miss Benton sur la plage de Loch Ennyrd, ni qui que ce soit s'approcher d'elle ?

— Non, inspecteur.

— Je vous crois. Et à l'aube ? Avez-vous remarqué que le vieux McNeggan ramassait un corps et le chargeait sur sa charrette ?

— Quand le jour se lève, inspecteur, j'éteins la lanterne et je vais me coucher. Je me fiche pas mal de ce qui se passe ici ou ailleurs. Sauf en cas de brume, auquel cas je dois mettre la sirène en marche et alimenter le compresseur.

— La nuit en question, il n'y avait pas de brume ?

— Mer très agitée à forte, c'est tout.

John William Sheen soupira ; il avait espéré un témoin oculaire, et il tombait sur une station météo.

— En venant, dit-il doucement, j'ai vu une jeune fille à l'avant d'un bateau. J'ai cru reconnaître Louisa Marycott.

— Qui ça ? fit Stockerton en fronçant les sourcils.

— Oh ! pardonnez-moi, j'oubliais que miss Marycott est plus connue ici sous le nom de Barbara. Toujours est-il qu'elle pleurait, ajouta l'inspecteur après un instant de silence.

— Pauvre gamine, dit le gardien de phare, de

quoi va-t-elle vivre à présent que la vieille est morte ?

— Vous la connaissez bien ?

— Monsieur, affirma Stockerton sans hésiter, c'est une folle. Dans ce pays, toutes les femmes sont folles. L'air du large, probable. Ma mère pense que c'est moi qui devrais être cinglé, à force d'être tout seul et de passer le temps à ramasser des oiseaux écrabouillés qui se sont jetés contre la lanterne. Mais je tiens bon, monsieur, et je tiendrai jusqu'à ce qu'ils me remplacent par un bazar automatique, une télécommande ou je ne sais quoi. Je ne suis pas malheureux.

— Arthur, dit l'inspecteur en adoptant un ton de confidence, il se pourrait que cette folle de Barbara soit mêlée au meurtre de miss Benton. Nous aimerions avoir votre avis là-dessus – n'est-ce pas, Wabbit ? ajouta-t-il en se tournant vers le surintendant.

Harris Wabbit approuva gravement.

En réalité, il ne suivait pas la conversation. Il regardait la marée qui heurtait en bouillonnant le musoir de la jetée, quarante-deux mètres plus bas. Un jour viendrait, pensait le surintendant, où la mer serait la plus forte, saperait le phare et le jetterait bas. Il eut un frisson délicieux et se dit qu'en prenant sa retraite il écrirait sur ce thème le scénario d'un film catastrophe. Sans doute était-ce un genre un peu rebattu, mais il lui semblait tout de même que personne n'avait encore rien imaginé à propos d'un phare secrètement miné par le flot et s'effondrant au cours d'une nuit de tempête. Les critiques traiteraient ce film de navet blême, mais le public se précipiterait pour le voir car ce serait une œuvre fatale, totalement désespérée. Une seule existence serait en jeu, celle du gardien. C'est-à-dire trop peu pour que les pouvoirs publics envoient des navires ou des hélicoptères à son secours. Par radio, on intimerait l'ordre au pauvre type de se tirer de là tout seul. Peut-être, au moment du dénouement, une barque de pêche montée par un patron cabochard (Burt Lancaster consentirait-il à interpréter le rôle du patron cabochard ?) viendrait-elle à la rescousse. Peut-être, oui, mais peut-être pas. Harris Wabbit avait tellement envie d'écrire un film décidément noir.

Il entendit tout de même Arthur Stockerton qui disait :

— Je ne sais presque rien, inspecteur. Sauf qu'un soir, la vieille dame est venue avec Barbara. J'ai ouvert la porte, comme pour vous. Miss Benton n'est pas montée jusqu'en haut, elle criait seulement dans l'escalier : « Allez, ma chère petite, allez, va le rejoindre ! » Et puis, elle est partie. C'était au début de l'été. Je me trouvais dans la chambre de quart, je mangeais des sardines. Barbara portait une drôle de robe démodée, avec des manches ballon et une large ceinture terminée dans le dos par un gros nœud. Elle avait aussi des chaussures vernies et des chaussettes blanches. Je lui ai dit : « Bonsoir, miss Barbara ! » mais elle a secoué la tête : « Non, non, Arthur, cette nuit il faut m'appeler Peggy. » Moi, qu'est-ce que ça pouvait me faire ? Elle était plutôt jolie, elle ressemblait à ces filles qu'on voit sur les bandes dessinées du journal.

Arthur Stockerton marqua un temps d'arrêt. Il jeta un bref coup d'œil vers l'escalier, comme s'il s'attendait à voir apparaître une nouvelle fois la jeune fille dans sa robe de collégienne.

— Et ensuite ? fit Sheen, l'encourageant à continuer.

Le gardien soupira et révéla que Barbara s'était promenée dans la chambre de quart, les mains sagement croisées derrière son dos comme une enfant dans un musée où il est marqué partout « Défense de toucher ».

— Je lui ai bien proposé des sardines, poursuivit Stockerton, mais elle n'en voulait pas. Elle craignait de tacher sa jolie robe. Enfin, c'est ce qu'elle racontait. Je ne comprenais pas du tout ce qu'elle venait faire là, ni pourquoi je devais l'appeler Peggy.

— Vous n'avez pas lu la série des livres de Dune Benton ? s'étonna le policier. À Greenhill, tout le monde connaît *Les Aventures de Peggy.*

— Ça ne m'est pas venu à l'idée, confessa Arthur Stockerton. Je ne m'intéresse pas beaucoup aux livres. Ceux que je suis capable de lire sont mauvais, je devine tout de suite la fin. Et les autres, je n'y comprends rien.

Harris Wabbit grogna. Il n'avait pas fait l'ascension de la haute colonne pour écouter les doléances d'un gardien de phare. Il s'empressa de ramener celui-ci à son sujet :

— L'inspecteur principal vous parlait d'une jeune fille…

— Oui, oui, dit Stockerton d'un ton rêveur. Je ne savais pas quoi faire pour elle. Puisqu'elle ne voulait pas de sardines, je lui ai offert du salami. Ça ne lui plaisait pas non plus, elle a dit : « Voyons, Arthur, Peggy ne se nourrit que de lait et de jambon d'York, afin de garder une peau très blanche. » Alors, elle a déboutonné le haut de sa robe et m'a montré sa poitrine. C'est vrai qu'elle avait une peau très blanche.

— Je suppose que vous n'en reveniez pas, dit Sheen. Une belle fille comme ça qui se déshabille, qui s'offre – parce qu'elle s'offrait, Arthur, vous avez bien compris ça ?

— Oui, dit le petit homme avec simplicité.

— Barbara affirme qu'elle est toujours vierge. Elle est prête à se soumettre à une expertise médicale. Comment expliquez-vous qu'un garçon comme vous ait résisté à la tentation de faire l'amour avec une fille comme elle ? Et surtout, ajouta l'inspecteur avec sévérité, ne venez pas me raconter que votre maman vous avait interdit de jouer à ça.

— Je ne dirai certainement pas une bêtise pareille, se récria Stockerton. Ma mère voudrait bien que je me marie, et elle désespère que ça arrive un jour.

— Alors, je ne comprends pas ce qui vous a retenu. Nous parlons entre hommes, Arthur, Mr. Wabbit et moi pouvons tout entendre…

Le gardien de phare se détourna. Il marcha autour de la lanterne éblouissante, se dandinant comme les oiseaux de mer quand ils se posent sur un quai. Il empoigna sa burette d'huile et se remit à lubrifier les engrenages. Sheen remarqua qu'il serrait si fort l'anse de la burette que ses phalanges devenaient livides.

— Il n'y a rien à comprendre, dit Stockerton. Envoyez la fille chez un docteur, on vous confirmera que je ne l'ai pas violée.

— Il n'est pas question de vous accuser de viol, fit doucement Sheen, elle se donnait à vous.

Le vent redoublait d'intensité, l'averse sonnait contre la cloche vitrée qui coiffait le sommet du phare. Le faisceau blanc tournait, indifférent, illuminant par saccades une mer écumante, comme soulevée du dessous.

— Eh bien, je ne l'ai pas prise, voilà tout. À présent, inspecteur, il vaut mieux que vous partiez. Et vous aussi, Mr. Wabbit. Je dois faire mon travail. C'est une nuit dangereuse. Qu'arriverait-il si le phare s'éteignait ?

Il était un peu plus de minuit quand les deux policiers, trempés malgré leurs cirés, regagnèrent le Chevalier rouge et les deux canards.

L'auberge leur parut un havre de douceur, de sérénité et de paix, d'autant plus que Margaret était restée à les attendre pour leur offrir le réconfort d'un verre de genièvre bien épicé et de quelques tranches de poisson fumé.

— Mr. Wabbit, dit-elle, le policeman McBand vous fait savoir que le vieux McFynn se tient tranquille. Il a juste demandé du papier et un crayon.

— McFynn a des déclarations écrites à nous faire ?

— Il a l'intention de confectionner un cadran solaire.

— C'est un malade, soupira Wabbit, un grand malade !

Il se laissa tomber dans un fauteuil en cuir et ôta ses souliers pour délasser ses pieds qui lui paraissaient en feu.

Il songeait avec une sorte de volupté sacrilège au plaisir qu'il éprouverait sans doute à l'instant de mourir, à l'idée de passer son éternité allongé et sans avoir rien à faire. Pourquoi se donnait-on tant de mal pour punir les assassins ? Leurs victimes étaient peut-être heureuses. Harris Wabbit s'était déjà évanoui une ou deux fois, et il avait jugé cette expérience positive et réconfortante. À l'inverse de la plupart des hommes, la pensée qu'il pût y avoir quelque chose après la mort ne l'emballait que modérément.

— Sheen, dit-il pour avoir tout de même l'air de s'intéresser à quelque chose, l'horrible Stockerton n'est évidemment pour rien dans toute cette affaire, et nous avons joliment perdu notre soirée.

— Croyez-vous ? fit l'inspecteur. Je me demandais justement…

— Traumatisé par sa disgrâce physique, le pauvre garçon sera devenu impuissant. Inutile de connaître Freud par cœur pour s'en convaincre. Mais je vous rappelle que nous tentons d'élucider un meurtre, pas d'aider un malheureux à résoudre ses complexes.

John William Sheen soupira. Harris Wabbit n'avait décidément pas l'âme d'un dévoué biographe à la manière du docteur Watson de Sherlock Holmes ou du capitaine Hastings d'Hercule Poirot, ni même les vertus d'un assistant respectueux jusqu'à l'idolâtrie comme l'était Tom Wills pour son maître Harry Dickson. Harris Wabbit n'était qu'un surintendant écossais cartésien qui mourait d'envie de monter se coucher.

L'inspecteur jeta un regard sur le baromètre accroché au-dessus du bar. L'aiguille bleue était descendue en dessous de tempête et palpitait contre sa butée.

— Faisons le point, Wabbit. Matériellement parlant, tous ont pu tuer Dune Benton. Ils n'ont pas d'alibis irréfutables. Pourtant, aucun n'avait intérêt à ce meurtre : un assassinat privait lady Patricia du montant de l'assurance souscrite à son profit par sa belle-mère. Sir Philip, convenez-en, n'a pas le profil d'un parricide. Le décès de sa romancière vedette va poser de sérieux problèmes financiers à Robin J. Robin. Quant à Natalia Nikolaievna qui aime tant piloter, la voici sur la touche.

— Il nous reste Barbara – et puisque vous semblez y tenir, ce nigaud de Stockerton…

— Le gardien de phare a une tête d'étrangleur, et il aurait pu quitter son perchoir le temps d'étrangler en effet miss Benton sans que personne ne s'aperçoive de son absence : après tout, le phare continuait de tourner. Mais je vous le concède, Arthur Stockerton n'a pas de mobile. Du moins, à première vue. Nous voilà donc forcés d'en revenir à Barbara.

— Laquelle avait d'excellentes raisons d'en vouloir à Dune Benton. La vieille sorcière voulait la forcer à se livrer au gnome, là-haut dans son phare.

Et puis il y a le passé, tout ce que Dune Benton lui a fait subir depuis des années.

— Précisément, Wabbit, vous mettez le doigt sur le point faible de l'accusation : pourquoi Barbara aurait-elle attendu ce dernier été puisque, selon toute vraisemblance, miss Benton ne devait pas passer Noël ? Encore un peu de patience, et elle était délivrée de son bourreau sans courir aucun des risques terribles qu'implique un crime, même presque parfait.

Margaret ayant disparu dans sa chambre sous les toits, Wabbit se faufila derrière le comptoir, saisit la bouteille de genièvre et remplit les verres.

— Il y a encore mon joker, dit-il. Oliver McFynn.

Sheen fit la moue. Certes, McFynn avait pu s'imaginer entendre des voix célestes et se croire désigné par le Tout-Puissant pour éliminer toutes les dames âgées trottinant sur les sentiers de l'île : Dune Benton d'abord, puis sa propre épouse, et d'autres peut-être s'il n'avait eu le civisme de se livrer à la police.

Mais ces meurtriers-là, outre qu'ils s'attaquent plus volontiers aux prostituées qu'aux vieilles dames, ne préméditent pas leurs forfaits – ou alors à très court terme, le temps par exemple de descendre quérir un marteau. Ces criminels sont aussi le plus souvent des gens ternes et manquant totalement de fantaisie, qui s'en tiennent une fois pour toutes à la même arme : ou bien le marteau qui fracasse le crâne, ou bien les doigts qui serrent le cou, mais pas les deux.

— Navré de vous décevoir, dit l'inspecteur, mais

je ne crois pas à l'hypothèse McFynn. D'ailleurs, il y en a une autre : le corbeau.

— Sans doute, approuva Wabbit, encore que ce ne soit pas forcément un suspect supplémentaire : l'auteur des messages peut fort bien être une des personnes que nous venons de passer en revue. Une simple dictée suffirait peut-être à éclaircir ce petit mystère.

— Petit mystère, hein ? fit Sheen avec un agacement soudain. Mon Dieu ! cette enquête n'est faite que de cela. C'est comme l'urticaire : pris isolément, chaque bouton n'est rien du tout ; mais en s'y mettant tous ensemble, ils vous démangent de façon insupportable. Tenez, nous ne savons même pas de quoi miss Benton est « vraiment » morte !…

La réponse à cette question primordiale allait lui être apportée le lendemain soir. Elle ne laisserait pas de le rendre perplexe.

8

— L'appareil, inspecteur…

— L'appareil, Mr. Robin ?

— Oui, l'avion privé de Dune. Sur ma demande, Natalia Nikolaievna vient d'appeler la météo. On prévoit une accalmie de plusieurs heures. Largement de quoi faire l'aller-retour.

John William Sheen considéra l'éditeur avec réprobation.

N'était-ce pas un projet excessivement macabre que d'installer et de sangler la vieille femme morte dans le cockpit du Cessna et de l'emmener ainsi jusqu'à Thurso pour s'y faire découper en morceaux ?

Sheen suspecta Robin J. Robin d'avoir cédé, à l'un ou l'autre des journalistes avec qui il était perpétuellement en contact, l'exclusivité d'une photo de miss Benton livide, les yeux clos, les membres figés, à bord de son avion. Peut-être était-ce d'un bon impact médiatique, mais c'était avant tout parfaitement répugnant.

Robin J. Robin parut deviner les pensées de

l'inspecteur. Il fit un ou deux moulinets avec sa canne, rétablit l'ordonnance du foulard de soie blanche qu'il portait en permanence autour du cou, et dit :

— Quelle méprise ! Qui parle de transporter la pauvre chère Dune à Thurso ? Mon idée est d'envoyer l'avion chercher un médecin légiste et de faire pratiquer l'autopsie ici même, à Greenhill. J'ajoute un détail qui vous paraîtra peut-être inconvenant, mais qui a toute son importance : le boucher, Mr. Cairnbair, consent à mettre sa chambre froide à notre disposition – à la disposition de la justice, je veux dire, s'empressa-t-il de rectifier.

Sheen s'approcha d'une des fenêtres du salon de Benton House. Le vent continuait de ululer, mais il avait tourné au nord-est, chassant les nuées basses, étirées, d'un gris de plomb, qui s'obstinaient au-dessus de l'île.

Sans doute ces bonnes dispositions du ciel ne dureraient-elles pas, et il convenait en effet d'en profiter sans plus attendre.

— Je vous en prie, murmura derrière lui sir Philip, acceptez la proposition de Robin. Ma mère a droit de reposer enfin en paix.

— C'est entendu, dit Sheen. Que l'avion décolle aussi vite que possible. Mr. Wabbit s'occupera d'alerter un médecin légiste.

Dix minutes plus tard, conduite par Barbara, la Rolls-Royce emmenait Natalia Nikolaievna, John William Sheen et sir Philip vers le champ situé à l'extrémité nord de Greenhill Island et qui faisait office de terrain d'atterrissage.

Le Cessna attendait sous une bâche. Convoqués par sir Philip, des paysans eurent tôt fait d'orienter le petit avion face au vent, pendant que la Russe réchauffait le moteur.

L'hélice tourna bientôt, ajoutant son souffle aux rafales de vent qui couraient encore sur l'île. Le foulard de Robin J. Robin flottait joliment, ainsi que les cheveux clairs de Barbara.

Comme si elle avait froid, la jeune fille se blottit contre Sheen et, levant les yeux vers lui, elle dit :

— À tout hasard, j'ai fait ma valise. Elle est dans le coffre de la voiture. Puis-je la mettre à bord de l'avion et y monter moi aussi ? Je n'ai plus rien à faire ici, inspecteur, et je serais heureuse de rentrer à Southampton – il y a un train de nuit qui part de Thurso.

L'hélice du Cessna tournait de plus en plus vite, brassant le parfum de muguet dont Barbara s'était inondée.

Sheen la dévisagea et l'aima.

Il eut envie de la voir revêtir une longue robe du soir, laisser couler trois rangs de perles noires dans le creux de ses seins, chausser des souliers à talons hauts et fragiles. Alors, il l'emmènerait manger une sole de Douvres au premier étage du Wyler's, et puis au théâtre de Drury Lane où elle sortirait de son sac des jumelles serties de nacre, et ensuite dans un night-club où se rendaient parfois les membres de la famille royale, et la nuit s'achèverait enfin sur les docks le long de la Tamise, à deux mains il retrousserait sa robe comme on étouffe une voile sur sa vergue, découvrirait ses jambes, ses genoux, ses cuisses, arrivé là il poserait son front sur sa culotte en satin un peu humide, au goût salé. Ils seraient heureux l'un par l'autre.

— Non, cria-t-il – car il criait, mais il est vrai qu'il avait l'excuse du vacarme du Cessna qui commençait à rouler –, non, je n'ai pas le droit de vous laisser partir.

— Natalia Nikolaievna s'en va bien, elle !

— Vol sous haute surveillance. Elle sera consignée dans les locaux de l'aérodrome dès son arrivée à Thurso.

— Et si je jure de ne pas quitter Southampton, prisonnière sur parole ?

— Je ne peux pas vous croire. Southampton, n'est-ce pas, c'est la ville des grands paquebots. Si vous m'échappez là-bas, jamais je ne vous retrouverai.

— Mr. Sheen, dit-elle en posant ses mains à plat sur la poitrine de l'inspecteur comme si elle eût voulu sentir les battements de son cœur, il y a longtemps qu'il n'y a plus de paquebots à Southampton.

Il la supplia de ne pas insister. Elle resta serrée contre lui. Elle tremblait un peu. L'avion s'envola. Sir Philip et les paysans de l'île le suivirent des yeux jusqu'à ce qu'il se perdît parmi les nuées effilochées. Sheen ne regardait que Barbara, et Barbara lui rendait son regard. Quelqu'un passant par là les eût peut-être pris pour des amants heureux. Sur la prairie couraient des moutons, affolés par le décollage de l'appareil.

De retour à Benton House, l'inspecteur trouva Robin J. Robin qui tentait de caler une table de billard. À chaque fois qu'il posait une boule au centre du tapis vert, celle-ci se mettait à rouler vers un des angles.

— Je ne comprends pas, dit l'éditeur. Il y a huit jours, quand je suis arrivé à Greenhill, ce billard était parfaitement équilibré.

Sheen n'aimait pas le billard. Mais il était poli et fit mine de prendre part au léger désarroi de Robin J. Robin. Donc il fronça les sourcils comme si ce billard devenait un des éléments déterminants de son enquête :

— Depuis quand penche-t-il ?

— Le lendemain de la mort de Dune. Il est vrai que, depuis, tout va de travers.

— Surtout pour vous, Mr. Robin. Le décès de miss Benton doit représenter un sérieux manque à gagner. À combien d'exemplaires pensiez-vous tirer le dernier volume des *Aventures de Peggy* ?

L'éditeur fit courir la boule rouge sur le feutre, la regardant heurter les bandes selon une géométrie compliquée. Quand elle s'immobilisa enfin, il releva les yeux et dit :

— Je ne l'aurais pas publié, inspecteur.

— Ah ! oui, fit négligemment Sheen, j'oubliais : il était choquant.

— Et même scandaleux. C'est bien simple, nous avions contre nous les associations de parents, les enseignants, le clergé, les ligues de bonnes mœurs – bref, tout ce qui a constitué jusqu'à présent l'armature du public de Dune Benton. Quand elle m'a raconté son sujet, j'ai été atterré. Songez, inspecteur, que Peggy est une gamine de douze ou treize ans.

— Commercialement, n'était-ce pas au contraire une bonne affaire ? *Lolita* a été un assez joli succès.

— Dune n'était pas Nabokov. Elle avait un talent littéraire plutôt limité, vous savez. Un brin de charme, un peu d'aisance, rien de plus.

— Et cela suffit à expliquer les millions d'exemplaires qu'elle a vendus ?

— Les voies du public sont impénétrables, dit Robin J. Robin en faisant bouffer son foulard de soie. Et puis, Dune était excellente à la télévision, sublime à la radio, littéralement charismatique lors des déjeuners que j'organisais pour elle avec la presse. La plupart des écrivains s'imaginent qu'ils sont là pour alerter et inquiéter leurs contemporains. Dune, à l'inverse, rassurait ses lecteurs. Son œuvre fonctionnait selon les principes du dessin animé : un affreux personnage enfonce un bâton de dynamite allumé dans la jolie bouche de cet amour de Peggy, alors la chère enfant éternue et la dynamite s'envole pour atterrir dans la poche de son tourmenteur.

— Le monde n'est pas comme ça, dit Sheen pensivement. Quand on éternue, c'est d'habitude au moment de négocier un virage délicat ou d'être présenté au prince de Galles. Ainsi, reprit-il sur un ton de sympathie, miss Benton a failli vous jouer un très vilain tour ?

— Dieu merci, Dune est morte sans tache. C'est tout le sens de la nécrologie que je viens d'adresser au *Times* : *Les lettres britanniques ont perdu leur cœur le plus pur.*

— Très touchant, admit Sheen. Mais dites-moi, Mr. Robin, cela ne ressemble-t-il pas peu ou prou à un mobile ? Dans le fond, la mort de miss Benton est intervenue juste à temps et elle vous délivre d'un souci.

Robin J. Robin sourit :

— J'attendais cette question. J'y réponds par l'affirmative : oui, inspecteur, il semble que personne n'ait eu une raison aussi sérieuse que moi de tuer Dune Benton.

— Quand exactement vous a-t-elle exposé le sujet de son nouveau roman ?

— Réjouissez-vous : le soir de sa mort. J'étais dans le jardin quand elle quitta le cottage, vers vingt-deux heures. Je coupais les roses fanées. Patricia ne le fait jamais, et cela donne au jardin un air d'abandon vraiment lugubre. Et puis, c'était pour moi un prétexte à m'échapper. On s'ennuie ferme à Benton House, après le pudding. J'étais donc en train de m'activer, le sécateur à la main, lorsque Dune sortit de la maison. Elle n'était visiblement pas vêtue pour faire un tour de jardin, mais plutôt comme si elle se rendait à une fête.

— Était-ce le cas ?

— Excepté la petite sauterie annuelle organisée par la population de Greenhill, les Benton sont les seuls ici à donner des fêtes. Mais jamais en fin de saison, ils voient approcher les mauvais jours avec une sorte d'angoisse. Nous fîmes quelques pas ensemble, Dune et moi. Ayant épuisé au cours du dîner tout ce qui pouvait être dit à propos du temps, nous parlions de la meilleure manière de faire sécher les fleurs. Puis, je me suis souvenu d'une bonne nouvelle que je devais lui communiquer : cinq de ses ouvrages venaient d'être traduits aux Philippines et on me demandait les droits d'un sixième en vue d'une adaptation pour le cinéma. Elle me dit : « Robin, ces idiots de cinéastes vont sûrement louper le film. » Je lui répondis que ça n'arriverait pas si elle les surveillait de près. Y avait-il jamais eu sur terre un seul être humain, une seule machine qui eussent résisté à sa volonté ? « Mais je vais tout de même mourir, me dit-elle, et c'est une espèce d'échec, non ? » J'ai ri : « Pas de blagues, Dune ! Les seuls livres que mes administrateurs soient capables de lire, ce sont les livres de comptes. Ces gentlemen espèrent que votre nouveau manuscrit sera sur mon bureau en octobre au plus tard. » « Le bouquin sera prêt, dit-elle. Quant à être sur votre bureau, c'est une autre affaire. » Alors, elle m'expliqua ce qu'elle avait dans la tête. Pour être franc, je l'ai pratiquement injuriée. Elle m'écouta en silence. Puis elle s'éloigna. Je la vis pousser la petite barrière blanche au fond du parc et s'engager sur le chemin du port. La lumière déclinante s'accordait merveilleusement avec les couleurs de sa toilette. Quelle femme raffinée ! Ce fut un choc pour moi, le lendemain matin, quand McNeggan la ramena. Sa belle robe, à présent détrempée et salie par le varech, collait à son corps, révélant une maigreur effrayante. C'est la seule fois de ma vie où je lui ai trouvé l'air pitoyable. Décidément, conclut-il après une dernière tentative pour faire tenir en place les boules d'ivoire, nous n'obtiendrons rien de ce billard. Que diriez-vous d'une partie de bridge, inspecteur ? Patricia a peut-être une légère tendance à annoncer un peu haut, mais elle joue admirablement la carte, surtout à sans atout.

Sheen accepta. Tout en se dirigeant vers le salon, il dit à Robin J. Robin :

— En somme, vous êtes la dernière personne à avoir vu miss Benton vivante.

L'avion revint se poser peu après quinze heures, juste comme l'inspecteur avait enfin en main une annonce à deux trèfles.

Le médecin légiste ramené par Natalia Nikolaievna se nommait John Chickenwild. Sa spécialité ne le prédisposant évidemment pas à assurer des urgences, c'était la première fois de sa carrière qu'on envoyait un avion le chercher. Il en était enchanté. Malgré quoi il resta tout ce qu'il y a d'affable et ne se donna pas de grands airs.

Sir Philip ayant refusé, au nom du respect dû à sa mère, que l'autopsie fût pratiquée dans l'établissement de Mr. Cairnbair, elle eut lieu au laboratoire de physique et de chimie de l'école de Greenhill.

C'était un appentis charmant, aux allures de serre. À l'écart des bâtiments principaux, il était recouvert d'une vigne vierge déjà cramoisie. Il flottait dans l'air cette senteur de musc et de miel caractéristique des jardins à la fin de l'été.

La dépouille mortelle de Dune Benton y fut amenée à bord de la Rolls-Royce blanche dont on avait aveuglé les vitres arrière. Tandis qu'on transportait le corps dans le laboratoire, la cloche de l'école sonnait un glas.

Chickenwild alluma sa pipe et prévint l'inspecteur :

— N'attendez pas de moi un rapport précis. Les conditions dans lesquelles je vais devoir opérer me permettront tout juste d'effectuer des constatations primaires. Par exemple, il est exclu que je puisse déterminer l'heure exacte du décès.

— Il m'importe seulement de savoir de quoi elle est morte, dit Sheen.

— C'est la question qui passionne tout le Royaume-Uni, sourit le médecin. Je ne suis pas peu fier d'être celui qui va sortir le lapin du chapeau.

Après avoir enfilé une blouse bleue prêtée par le professeur de physique-chimie, le docteur Chickenwild entra dans le laboratoire. Le policeman Doug McBrand prit sa faction devant la porte, interdisant à quiconque l'accès au bâtiment.

John William Sheen et Harris Wabbit remontèrent l'allée bordée de grands arbres et s'installèrent dans le bureau du directeur de l'école, où deux élèves boutonneux et maussades leur servirent le thé.

La famille et les proches de la défunte s'étaient regroupés dans la chapelle de l'établissement pour chanter des hymnes et entendre le pasteur lire des passages de la Bible.

À dix-huit heures, alors que le ciel se couvrait à nouveau, le docteur Chickenwild sortit du laboratoire. Il en remit la clé à Croft, le fossoyeur, lequel devait à présent coucher Dune Benton dans son cercueil. Accompagné du menuisier Palmer et de deux dames de charité, Croft pénétra dans la pièce tandis que Chickenwild rejoignait Sheen et Wabbit dans le bureau du directeur.

Le médecin s'assit sur le bord d'un divan recouvert d'un châle en patchwork. Il frotta longuement ses petites mains boudinées l'une contre l'autre, comme s'il les savonnait. Puis il considéra les photos des anciens élèves accrochées aux lambris et dit que toutes ces physionomies si ouvertes et si intelligentes faisaient honneur à l'école de Greenhill Island ; il déplorait que Mrs. Chickenwild et lui n'eussent pas d'enfants, car il les aurait inscrits sur-le-champ. Après avoir fait mille manières pour accepter un verre de whisky, il consentit enfin à parler :

— C'est une chose des plus singulières, messieurs. Vous pensiez, je crois, que miss Benton était morte étranglée ou noyée ?

— Il faut que ce soit l'un ou l'autre, confirma Sheen.

— Eh bien, reprit Chickenwild, il est manifeste que quelqu'un lui a serré le cou avec une violence et une détermination aptes à entraîner la mort. Il est non moins certain que ses poumons contenaient une quantité d'eau de mer parfaitement susceptible d'avoir provoqué une noyade. Et pourtant, messieurs, aucune de ces deux agressions n'est responsable du décès de la victime.

L'inspecteur sursauta :

— Que voulez-vous dire, docteur?

— Que miss Benton a succombé à une fracture du crâne, occasionnée par un objet massif et de forme probablement arrondie. Je ne saurais préciser davantage. J'affirme seulement que, durant un laps de temps assez bref, miss Benton a subi tour à tour une tentative d'étranglement, puis qu'elle a été assommée et enfin noyée. Mais c'est le coup de massue qui l'a tuée.

Sheen se leva et se mit à arpenter le bureau directorial à grands pas. Dire qu'il était déconcerté serait minimiser le gouffre mental où il sentait sombrer son esprit : rien de ce qu'il avait envisagé ne tenait plus, il devait tout reconsidérer.

Il ne s'agissait donc pas, comme il le pensait depuis le début, d'un de ces crimes mondains dictés par l'intérêt ou la haine froide, mais d'une mise à mort sauvage et bestiale qui s'était jouée en trois actes plus horribles les uns que les autres : dans un premier temps, l'assassin avait tenté d'étrangler sa victime, celle-ci avait senti la mort la frôler mais elle avait réussi à s'enfuir; le tueur l'avait poursuivie, rejointe sur la grève de Loch Ennyrd où il l'avait frappée à la nuque avant d'assurer son forfait en lui plongeant le visage dans l'eau.

— Sheen, suggéra timidement Wabbit, ne trouvez-vous pas que la cote de mon joker est en train de remonter? Car il faut être aussi dérangé que l'est Oliver McFynn pour s'acharner ainsi sur une vieille dame. Permettez-moi d'ajouter que McFynn a tué sa femme en lui cassant la tête. Il y a là une analogie qui mérite votre réflexion.

— Mais le mobile? s'écria l'inspecteur. Votre McFynn n'a pas de mobile!

— Un dément n'a nul besoin de mobile, fit observer Chickenwild.

— Depuis le début, reprit le surintendant en s'adressant à Sheen, vous êtes persuadé que la haine est à l'origine du drame. Croyez-vous sincèrement que l'un ou l'autre des habitants du cottage ait pu éprouver une haine capable de le mener à de telles extrémités?

Sheen se détourna. À travers les vitres poussiéreuses du bureau, il suivait des yeux Barbara qui, lumineuse et fragile, aidait lady Patricia, sir Philip, Natalia Nikolaievna, David et ses deux petites cousines Sarah et Shirley, à monter à bord de la Rolls-Royce. Après avoir refermé les portières, Barbara prit place derrière le volant et, devinant que l'inspecteur la regardait, adressa à ce dernier un signe amical.

— Vous avez raison, Wabbit, dit enfin Sheen, je ne crois pas une chose pareille.

Relégué au fond d'une impasse étroite, l'unique poste de police de Greenhill Island avait très exactement l'air d'une cabine téléphonique améliorée.

Doug McBrand et son collègue Melvin Whistle firent aux représentants de Scotland Yard les honneurs de leur tanière. Celle-ci se composait d'une entrée équipée d'un comptoir où l'on pouvait accueillir le public, à condition que celui-ci n'excédât pas deux personnes à la fois. Venait ensuite une pièce minuscule agrémentée d'un réchaud à gaz taché de jaune d'œuf, de deux lits de camp maculés de même, d'un lavabo mural à la cuvette encombrée de boîtes de conserve et de sachets de thé, de cartes à jouer et d'une collection de vieux numéros de *Mayfair* et de *Penthouse* – le tout évoquant davantage la cellule d'un détenu peu soucieux d'hygiène que des locaux de police.

— Où diable avez-vous réussi à loger McFynn ? s'inquiéta Sheen.

— Veuillez me suivre, sir, invita McBrand.

Il précéda l'inspecteur dans une cour herbue et détrempée où, parmi des instruments aratoires à l'abandon, picoraient quelques poules.

— Chaque année, expliqua le policeman, on promet de nous bâtir une prison. Mais rien ne vient. Il faut reconnaître que jusqu'à présent elle aurait été sous-employée. Je ne me rappelle pas avoir jamais rien eu de plus grave à sanctionner que des stationnements prohibés ou des cyclistes dont l'éclairage ne marchait pas.

— Essayez-vous de me faire croire que Greenhill est le paradis ?

— Non, sir, dit McBrand. C'est l'enfer, au contraire. C'est pour ça que les gens s'y tiennent tranquilles : ayant le pire sous les yeux à longueur d'année, il ne leur viendrait pas à l'idée de forcer la dose.

Il s'arrêta près d'un tracteur rougeâtre dont les entrailles mécaniques jonchaient la boue alentour :

— En février, j'épouse Margaret. Et nous filons d'ici. Il est question que j'obtienne un poste à la circulation, à Édimbourg. Vous comprendrez, sir, conclut-il sur un ton presque larmoyant, que je fasse tout ce que je peux pour être bien noté. L'affaire Benton et l'affaire McFynn me donnent bien des tracas, et à Margaret aussi. À l'idée que le vieux McFynn pourrait s'échapper, je n'en dors plus.

Oliver McFynn avait peu de chances de réussir à s'évader. Le lieu où il était détenu était plus sûr que la plus hermétique des forteresses : en attendant son transfert, McBrand et Whistle l'avaient bouclé dans une étable située au fond de la cour, ancienne résidence d'un taureau redoutable chargé d'améliorer et de multiplier le cheptel bovin de Greenhill Island. Allergique aux rigueurs du climat, atteint de langueur mélancolique, le taureau était mort sans avoir eu la force de féconder la moindre vache. Mais l'étable était restée, avec sa porte armée de ferrures croisées et l'un des cadenas les plus impressionnants que l'inspecteur eût jamais vu.

Oliver McFynn cligna des yeux quand McBrand fit pénétrer la lumière du jour dans son ermitage forcé. Accroupi par terre, il traçait des cercles sur une feuille de papier et les divisait en degrés approximatifs.

— Ah ! dit Sheen avec amabilité, je vois que vous travaillez à votre cadran solaire.

— Cadran lunaire, rectifia le petit homme grêle. Pourquoi toujours le soleil ? Il est infiniment plus complexe, et donc plus exaltant, de suivre la course des heures à partir de l'ombre projetée par la lune. Évidemment, pour le régler, cela me promet quelques nuits blanches. Mais il paraît que la prison rend insomniaque. Alors, plutôt que de compter des moutons…

Doug McBrand ayant apporté un banc qu'il avait déniché dans la cour, Sheen et Wabbit s'assirent face au restaurateur d'horloges.

— McFynn, commença l'inspecteur, même si vous invoquez le crime passionnel, vous écoperez de dix ans au minimum. Le seul bon système de défense serait de plaider l'accès de démence.

— On m'enverra dans un asile jusqu'à la fin de mes jours.

— C'est vraisemblable, admit Sheen. Mais sans vouloir vous influencer, je pense que vous seriez un peu moins malheureux dans un asile psychiatrique que dans une prison.

— Peut-être avez-vous raison, dit McFynn après un instant de réflexion. Il y a des pendules dans les hôpitaux et Dieu merci ! toutes ne sont pas encore électroniques. Surtout si l'hôpital est un peu délabré, ce qui doit être le cas de ces établissements où l'on enferme les fous. Alors, on me confiera peut-être une petite réparation, un petit réglage de temps en temps. Eh bien, conclut-il, je ne suis pas contre l'idée d'aller dans un asile.

— Pour cela, dit Sheen, il faut que le juge et les experts soient bien convaincus que vous êtes atteint de maladie mentale.

— En grattant bien, dit McFynn, nous sommes tous plus ou moins dans cette situation intéressante.

— Pour l'heure, il s'agit de vous. Voulez-vous

que nous travaillions ensemble à épaissir un peu votre dossier ?

— À votre disposition, consentit le prisonnier.

— Mon idée est la suivante : il me semble que si vous reconnaissiez avoir tué miss Benton comme vous avez tué votre femme, personne ne pourrait plus douter de l'état dangereusement perturbé de votre cerveau.

Oliver McFynn dévisagea l'inspecteur avec intérêt. Puis il déplia ses membres maigres et se leva. Il alla vers la porte que McBrand avait laissée entrouverte. Il regarda la pluie qui commençait à tomber sur la cour, et les poules qui fuyaient en battant des ailes.

— Elles sont stupides, dit-il en faisant allusion aux poules. C'est quand il pleut que les petits vers montent vers la surface du sol.

— Mais vous ne serez pas aussi bête que ces poules, dit Sheen d'un ton encourageant. Dune Benton a eu le crâne brisé, comme votre femme Abigaïl. Auparavant, l'assassin avait tenté de l'étrangler. Et pour finir, il l'a noyée. Seul un malade, un pauvre malade auquel la Société doit à présent des soins et de la compassion, a pu agir ainsi envers une vieille femme sans défense.

Oliver McFynn se retourna. Bien qu'il fût ridicule, petit et insignifiant, il rappelait à l'inspecteur certains plans de Robert Mitchum dans *La Nuit du chasseur.* Peut-être à cause des rais de lumière filtrant à travers la porte et qui lui faisaient comme une auréole autour de la tête – l'auréole des anges déchus.

— Inspecteur, dit le lutin, vous me décevez. Bien sûr, je ne m'attendais pas à ce que vous résolviez d'emblée l'énigme que pose la mort de miss Benton. Mais je ne vous imaginais pas aussi loin de la vérité.

— Vous niez l'avoir tuée ?

— Oui, naturellement.

— C'est ce que nous allons voir, intervint Wabbit. Avez-vous un alibi pour la nuit du meurtre ?

— En quelque sorte, oui. Mais je ne vous le dirai pas.

— Pourquoi ? demanda Sheen.

— Parce que cela reviendrait à vous indiquer qui a provoqué la mort de la pauvre vieille dame. Il est trop tôt pour cela. Vous n'avez pas assez cherché, pas assez fouillé partout. Avez-vous seulement essayé de jouer au billard ? Allons, j'aime qu'on se donne de la peine et qu'on s'acharne ! C'est à cela que j'ai consacré ma vie, inspecteur : à la patience. À l'instant même où j'en ai manqué, où j'ai désespéré du temps qui passe et qui est le plus admirable des outils que la Providence ait mis à la disposition des hommes, j'ai tout perdu. Mais je doute que vous puissiez comprendre.

— Il radote, dit McBrand.

— Je le crains, répondit doucement Sheen qui commençait à se sentir mal à l'aise.

Le policeman Whistle vint heureusement les chercher, muni d'un grand parapluie. En quelques secondes, la pluie fine était devenue un véritable déluge. Doug McBrand referma la porte, la cadenassa, et les quatre hommes partirent en pataugeant vers le poste de police d'où s'échappait un ruban de fumée odorante et bleue.

— J'ai mis quelques saucisses à griller, avoua

Whistle. Et l'eau pour le thé ne va pas tarder à être chaude.

— Je déchire mon joker, dit Wabbit avec humilité après que Sheen et lui eurent consacré au rite des saucisses et du thé. McFynn n'est pas notre homme, et j'en suis sincèrement navré pour vous.

— Trop fou pour ça, en effet, admit l'inspecteur. Mais pourquoi êtes-vous navré ?

— Parce que nous revoilà sur la case départ. Et sur cette case, il y a un pion qui s'appelle Barbara. Si c'est elle la coupable, on ne peut malheureusement plus la considérer comme une jeune personne un peu trop emportée, un peu trop agressive, qui tue pour se venger d'avoir été traitée de façon humiliante et cruelle – presque en état de légitime défense, en somme. À présent, vu ce que nous savons des circonstances du meurtre, Barbara pourrait bien être un monstre. Et il me déplaît que vous soyez troublé par un monstre, voilà tout.

John William Sheen ne répondit pas. Non qu'il donnât tort à Harris Wabbit, mais il réfléchissait : au milieu de son discours erratique et apparemment absurde, Oliver McFynn avait prononcé une phrase déconcertante – « avez-vous seulement essayé de jouer au billard ? ».

Précisément, l'inspecteur avait essayé le jour même, en compagnie de Robin J. Robin. Mais quel rapport pouvait bien avoir une partie de billard, qui d'ailleurs n'avait pas abouti, avec une triple tentative de meurtre sur la personne d'une romancière âgée, riche, célèbre et sans doute un peu perverse ?

9

— Les obsèques de ma mère ont lieu dans moins d'une heure et vous me proposez une partie de billard ?

De saisissement, sir Philip se laissa tomber dans le rocking-chair de la véranda. Ce rocking-chair n'aurait pas dû se trouver là : c'était le premier des meubles dits « de loisir » qu'on montait au grenier au terme de l'été, comme pour signifier que le temps des nonchalances et des frivolités était révolu. Sa présence incongrue dans la véranda flagellée par la pluie montrait assez la désorganisation que la mort de Dune Benton avait apportée au cottage.

Tout en se balançant instinctivement, sir Philip posa sur John William Sheen un regard marqué par une intense déception. Autant il avait détesté l'idée d'un inspecteur de police sonnant à sa porte et furetant partout dans sa maison, autant la personnalité du détective l'avait très vite rasséréné. Sheen se comportait en parfait gentleman. Il ne s'était pas laissé influencer par ces personnages d'enquêteurs crasseux, vulgaires, importuns et discourtois, qui envahissaient les séries télévisées. En réalité, Sheen représentait un compromis plutôt réussi entre le charme nostalgique et désabusé d'un Bogart et le côté savonnette de luxe d'un Roger Moore.

Contre toute attente, il venait pourtant de commettre son premier faux pas ; et sir Philip en ressentait presque du chagrin, car rien ne le contrariait davantage que de devoir réviser à la baisse le jugement qu'il avait porté sur quelqu'un.

— Décidément non, reprit-il du bout des lèvres, une partie de billard ne serait pas convenable, il me semble… J'estime que vous feriez aussi bien d'aller mettre une cravate sombre, si vous avez du moins l'intention d'assister à la cérémonie.

— Soit, dit Sheen sans s'émouvoir. Mais si nous ne jouons pas ce matin, m'accorderez-vous ce soir, ou demain… ?

Sir Philip l'interrompit sèchement :

— Une fois pour toutes, inspecteur, je ne pratique pas le billard. C'est notre petit David qui s'était entiché de ce sport après avoir vu un vieux film de Paul Newman.

— *Avec* Paul Newman, corrigea Sheen. C'était *L'Arnaqueur*.

Un pâle sourire revint sur les lèvres de sir Philip : allergique aux fautes d'éducation, il aimait les cinéphiles.

— De toute façon, dit-il, le billard est détraqué. Les boules glissent toutes du même côté. Quand je m'en suis aperçu, j'ai appelé Oliver McFynn. C'est – mais peut-être devrais-je dire c'était – un artisan très habile pour tout ce qui exige de la précision.

— Il est venu ?

— Certainement. Le lendemain de la mort de ma mère. Cette date vous surprend ? David tournait comme une âme en peine, je tenais à ce qu'il eût son jouet préféré pour se changer les idées. McFynn a tripoté l'instrument, il a placé des cales, mais sans grand résultat. Il m'a promis de revenir avec un niveau à bulle. Et puis, le drame que vous savez est arrivé. Je crains que ce billard ne demeure impraticable pendant longtemps. Enfin, il me semble.

Mrs. Selingwood apparut et annonça que le Révérend Ballenstone et le Révérend Pickball souhaitaient s'entretenir avec sir Philip à propos de l'ordonnance des funérailles. Sheen resta seul dans la véranda où le rocking-chair continuait à se balancer.

Élevée en granit comme presque toutes les maisons de Greenhill, épaisse et austère, l'église servait de coupe-vent au village – ainsi qu'aux croque-morts qui, assis sur les marchepieds du corbillard, s'échangeaient des cigarettes.

Malgré la pluie persistante et l'absence des journalistes, empêchés par la grève des transports aériens et la mer impraticable pour le *Tapsalteerie*, les obsèques de Dune Benton furent grandioses.

Tous les habitants de l'île s'étaient rassemblés pour rendre un ultime hommage à la vieille dame. Ceux qui n'avaient pu trouver place dans l'église s'agglutinaient dans le cimetière où des haut-parleurs retransmettaient les chants de la chorale, les sermons des deux pasteurs et le panégyrique prononcé par Robin J. Robin.

À l'intérieur de l'église, l'humidité n'était pas moindre qu'au-dehors. Elle était simplement un peu plus glaciale, assortie d'une piquante odeur de bougies rances et de cave mal aérée.

Entre deux psaumes, la chorale entonnait un air du folklore russe pour rappeler que, malgré son incommensurable fortune, Dune Emily Agatha Benton avait eu de la sympathie pour Joseph Staline, seul personnage considérable à avoir publiquement déclaré qu'elle était belle.

John William Sheen se demandait si, en cette circonstance au moins, Staline n'avait pas été sincère : à l'issue de la guerre, Dune Benton était encore une femme jeune, un peu sèche sans doute et vêtue de façon affligeante comme la plupart des Anglaises à cette époque, mais son regard devait briller sous les lustres du Kremlin, et scintiller aussi ses lèvres mouillées de vodka. Car toute femme a toujours ce sursaut de beauté en plus qu'une certaine qualité de lumière, un mouvement des épaules en accord avec une bouffée de musique, une façon de rire ou de perdre un soulier, révèlent et exaltent au point que ceux qui sont témoins d'une telle transfiguration, pour fugitive qu'elle soit, ne l'oublieront jamais.

Sheen se rappelait ainsi une jeune fille du nom de Jennifer, croisée dans la coursive d'un pénitencier – un horrible endroit au milieu de marécages d'où montait un brouillard perpétuel. Jennifer s'étant battue avec sa codétenue, on l'emmenait à l'isolement. Elle serrait contre elle sa couverture, son linge, les quelques produits d'hygiène auxquels elle avait droit. Ses joues étaient griffées. Un peu de sang coulait de ses narines qu'elle essuyait d'un revers de la main, à la façon d'une enfant enrhumée. Mais alors, elle laissait tomber quelque chose et devait se baisser pour le ramasser. Ses cheveux irréguliers et trop longs balayaient sa figure. En l'apercevant, Sheen s'immobilisa et pensa qu'il ne pouvait rien exister au monde de plus pitoyable. Mais en se relevant, Jennifer le regarda droit dans les yeux et inclina son visage sur le côté comme quelqu'un de très las qui désire s'endormir. Ce fut un geste parfait, d'une grande lenteur et d'une grâce absolue. John William Sheen dut se mordre les lèvres pour ne pas crier son admiration, et nécessairement sa soudaine tendresse.

Quelques mois plus tard, il apprit que Jennifer, incapable de supporter sa détention, s'était ouvert les veines dans sa cellule. Elle avait succombé durant son transport à l'infirmerie. Cela fit beaucoup de peine à l'inspecteur. Bien qu'on fût en été et qu'il fît exceptionnellement beau sur les îles Britanniques, il éprouva un sentiment d'angoisse qu'il n'avait jamais connu. Il loua une voiture et conduisit à toute vitesse le long d'une route en corniche. Il but de l'alcool, s'étourdit de musique forte, passa la nuit à relire *Les Aventures de M. Pickwick*. Il désespérait de lui-même, du genre humain, et de Dieu. Il flottait dans une sorte d'ouate, comme après un vol transatlantique.

À la réflexion, il se dit tout de même qu'il était peu probable que Staline eût connu cette épreuve débilitante de la plongée dans l'ouate pour avoir croisé le regard de Dune Benton.

Le Révérend Ballenstone et le Révérend Pickball lisaient à deux voix un extrait du livre de Job :

« Oh ! pourquoi m'as-tu fait sortir du sein ?

« J'aurais péri alors : nul œil ne m'aurait vu,

« je serais comme n'ayant pas été,

« du ventre on m'aurait porté à la tombe.

« Et ils durent si peu, les jours de mon existence ! »

— Ce Job, dit une voix derrière Sheen, quel sacré type ! Oser défier Dieu et l'engueuler !

L'inspecteur sortit de son rêve et se retourna.

Il reconnut Arthur Stockerton. Le gardien de phare était vêtu d'un costume de velours sombre. Au revers de son veston, il portait un badge qu'il s'était confectionné en découpant une photo de Dune Benton, en la recouvrant de plastique et en l'équipant d'une épingle de sûreté.

À côté de Stockerton se tenait Barbara, pâle et figée.

Sa main droite était glissée dans la main gauche du gardien de phare.

Sur une claie d'osier recouverte d'un linge blanc, il y avait des roses. Elles provenaient du jardin de Benton House. On se baissait, on en prenait une, on la tenait comme un cierge en faisant attention à ne pas se piquer aux épines, on attendait son tour pour la jeter dans la fosse ouverte où luisait le cercueil, recouvert de fines gouttelettes de pluie comme s'il transpirait.

L'inspecteur s'arrangea pour se placer derrière Barbara.

— Je croyais que Stockerton était un nain puant, dit-il. Je vous cite de mémoire.

— Dans les grandes occasions, il lui arrive de se laver. Les funérailles de la vieille folle sont précisément une grande occasion.

Sheen secoua la tête :

— Non, non, vous m'avez trompé, vous l'aimez.

Elle lui jeta un regard de défi :

— Et alors ?

— Alors, rien. Sauf que cela mérite quelques explications.

— Je voulais vous les donner hier, mais sir Philip est entré. Le reste de la journée, vous m'avez évitée. Je n'ai pas l'intention de vous cacher quoi que ce soit.

— Profitons de ces excellentes dispositions. Si mon estimation est correcte, nous en avons pour dix minutes avant d'atteindre le bord de la tombe et d'y lancer une rose. Cela vous paraît-il suffisant pour me raconter votre roman d'amour ?

— Et si quelqu'un d'autre que vous m'entendait ? Il y a autour de nous près de deux mille personnes.

— Personne ne vous oblige à hurler. Chuchotez donc, ça convient à merveille aux histoires sentimentales.

— Où en étions-nous restés ?

— Vous commenciez à vous déshabiller et Arthur entrevoyait un peu de votre peau si blanche…

Ce n'était pas tout à fait exact : cela, il le tenait de Stockerton lui-même. Mais Barbara fit comme si de rien n'était, elle respira la fleur qu'elle avait à la main et dit :

— Il vit aussi mes seins. Mais ça ne parut pas l'intéresser. J'ai de très petits seins, c'est vrai. Toujours est-il que je me suis excusée : « Je sais que la plupart des hommes préfèrent des poitrines bien formées, Arthur, je suis désolée. » J'étais tranquille, le plan de miss Benton allait rater, jamais Arthur ne tomberait amoureux d'une fille aussi plate, aussi dépourvue d'attraits naturels. Il avait une façon brutale de harponner ses sardines d'un coup de fourchette, il les dévorait sans en ôter la queue, l'huile coulait sur son menton mal rasé – il avait tellement l'air d'un homme, en somme ! Mais il a dit : « Laisse tomber, Peggy. Moi, c'est ton cou. » Je ne comprenais pas où il voulait en venir. Depuis quand le cou est-il une zone érogène ? Il a essuyé sa bouche et ses mains, il s'est approché de moi : « Quand j'étais petit, on me lisait une histoire où une oie sauvage emportait sur son dos un méchant garçon. L'oie sauvage volait haut, très haut, de plus en plus haut. Alors, pour ne pas tomber, le gamin la tenait par le cou et il serrait fort, très fort, de plus en plus fort. » C'était *Le Merveilleux Voyage de Nils Holgersson à travers la Suède*, Arthur ne se rappelait pas le nom du livre et il a été content que je m'en souvienne, moi. Il a dit : « J'avais terriblement envie d'être ce méchant petit garçon. En fait, j'étais réellement un méchant petit garçon. Je torturais les hannetons, les escargots, je dénichais les oisillons. Mais il n'y avait pas d'oie sauvage pour m'emporter sur son dos. J'avais beau me crever les yeux à fixer le ciel, il n'y a jamais eu d'oies sauvages au-dessus de cette putain d'île. Peut-être que Greenhill n'est pas sur leur route, hé ?» Alors, il prit mon cou entre ses deux mains réunies : « Ton cou, Peggy, me fait penser au cou de l'oie sauvage. Il est blanc et chaud, tout pareil. J'ai envie de le tenir et de le serrer un peu.» D'abord, j'ai eu peur. Mais je ne pouvais déjà plus crier, il m'étranglait bien trop. Il a cessé d'appuyer juste au moment où ça allait devenir insupportable, juste au moment où c'est devenu simplement affolant et agréable. Jetez votre rose, inspecteur, les gens attendent…

En signe de deuil, le Chevalier rouge et les deux canards n'ouvrit qu'à dix-neuf heures. Le bar s'emplit aussitôt d'hommes assoiffés, impatients de commenter les obsèques de Dune Benton. De l'avis général, on avait trouvé la famille très digne, éplorée juste ce qu'il fallait. Certes, les belles fleurs étaient un peu fanées, mais c'était à cause de ces messieurs de Scotland Yard qui avaient tout retardé avec leur autopsie.

Sheen, Wabbit et le docteur Chickenwild préférèrent s'isoler dans la salle à manger où Margaret leur servit une petite carafe de sherry offerte par la direction de l'auberge en hommage à la mémoire de Dune Benton.

— À présent, dit le surintendant, tout est limpide. Le récit de Barbara condamne Arthur Stockerton. C'est bel et bien un fou qui a tué la vieille dame, comme j'en ai toujours été convaincu. Sauf que le fou n'est pas McFynn, mais le lutin du phare. Son fantasme est de serrer les cous. Jeune cou, vieux cou, tout lui est bon.

— Phénomène de fixation, expliqua le docteur Chickenwild. Nous en avons tous un, plus ou moins enfoui dans les profondeurs de notre inconscient. Il suffit d'une image, d'un parfum, d'une sensation tactile qui nous frappent au moment de la puberté, et nous les emportons pour le reste de notre vie. Le fantasme peut être honorable, d'ailleurs, si des millions d'autres hommes le partagent. Auquel cas il sera vécu au grand jour, au même titre que la faim, la soif ou l'envie de dormir. Mais il devient pernicieux, voire redoutable, si l'individu qui en nourrit sa libido se croit isolé, seul au monde à éprouver une émotion sexuelle en présence de tel ou tel stimulus. Il est notoire que les fétichistes du talon aiguille ne se cachent pas, ils ont même fondé des clubs qui ont pignon sur rue, et ils éditent des bulletins de liaison. En revanche, les hommes qui aiment respirer l'odeur des aisselles en sueur rasent les murs. Ils sont rares. S'ils avouent leur dilection, ils sont aussitôt cloués au pilori, traités de pervers répugnants. Pauvre humanité, conclut-il du ton de celui qui en a beaucoup vu et entendu.

— Docteur, dit Sheen, je partage votre point de vue à propos de la misère humaine.

— Et à propos d'Arthur Stockerton, fit Wabbit, puis-je savoir si vous partagez mon opinion ?

— J'admets que Stockerton soit la personne toute désignée pour avoir imprimé ces fameuses marques de strangulation sur le cou de Dune Benton, dit Sheen. Mais quand et où – et pourquoi – la vieille dame et le gardien de phare se sont-ils retrouvés face à face ? Pour quelle raison, après avoir commencé d'étrangler miss Benton, Arthur l'aurait-il assommée et noyée ? Pourquoi a-t-il laissé partir Barbara saine et sauve ? Enfin, il y a cette allusion du vieux McFynn à une partie de billard…

— Voyons, protesta le surintendant, vous n'allez pas attacher d'importance aux radotages de ce pauvre fou de McFynn ? C'est tout juste risible !

— Les histoires de fous ne me font pas rire, dit Sheen.

C'est alors que Margaret vint avertir l'inspecteur que Mrs. Selingwood le demandait.

La fermière se tenait sur le seuil de l'auberge. Elle n'osait pas entrer. Elle était une des rares femmes de l'île dont le mari ne franchissait jamais la porte du Chevalier rouge et les deux canards. Elle en concevait une forme de fierté, de même qu'elle se vantait de n'avoir jamais rien acheté à crédit. « Nous sommes des gens simples mais propres, disait-elle, et celui qui nous cherchera des poux dans la tête s'usera les ongles avant d'en trouver. » Elle recula de trois pas et se signa quand Sheen, apitoyé par la pluie qui ruisselait sur le visage lisse et plein de la brave femme, lui proposa un doigt de porto ou un verre de grog. Elle se contenta de lui tendre une enveloppe :

— De la part de milady. Elle a essayé de vous joindre au téléphone, mais la ligne est en dérangement.

— Vous voulez dire que Benton House n'a plus le téléphone ?

— Plus de tonalité, inspecteur. Sir Philip est sorti avec une lampe de poche pour examiner les fils aériens. Ils se balancent comme d'habitude, pourtant.

— Je n'aime pas ça, dit Sheen, la maison est très isolée.

— Sir Philip souhaite que mon mari monte coucher au cottage et qu'il apporte son fusil de chasse.

— Que Mr. Selingwood ne se dérange pas, dit l'inspecteur, j'irai moi-même. Il y a bien un divan où je pourrai m'allonger.

— J'ai fait la chambre de miss Benton, dit Mrs. Selingwood. J'ai bien aéré, tout est propre. Si vous n'avez pas peur de dormir dans le lit d'une morte…

L'inspecteur sourit :

— Je ne crois pas aux fantômes.

D'un coup d'ongle, il décacheta l'enveloppe. Celle-ci contenait un morceau de papier quadrillé sur lequel étaient inscrits ces mots : *On trouvera nos corps attendrissants noyés dans la rivière, sous la cascade de la Dame Blanche. Signé : Sarah et Shirley.*

Laissant Harris Wabbit et le docteur Chickenwild deviser au coin de la cheminée des mérites comparés de Glasgow et d'Édimbourg, John William Sheen prit le raccourci à travers la lande où, le premier soir, le surintendant et lui s'étaient égarés.

À condition d'aligner les lumières de Benton House sur le faisceau du phare, il était pourtant simple de s'y retrouver : les deux feux se répondaient, traçant une sorte de chemin lumineux au-dessus des ajoncs et des genêts.

Existait-il une autre correspondance entre le phare et le cottage, mortelle celle-là ? Wabbit et Chickenwild semblaient le penser, et ils s'étaient étonnés que Sheen n'allât point, séance tenante, passer les menottes à Arthur Stockerton.

Sheen avait plaisamment répondu qu'à cet égard il lui semblait urgent d'attendre.

La culpabilité du gardien de phare était peut-être une hypothèse séduisante pour des personnes simples, des hommes sans réel arrière-plan tels que le surintendant et le médecin légiste, mais elle était tout simplement navrante pour quelqu'un ayant la sensibilité de l'inspecteur principal.

À quoi bon une victime de l'envergure exceptionnelle de Dune Benton, à quoi bon ces paysages à la fois farouches et somptueux, ce déploiement d'élégance feutrée et de sauvagerie élémentaire, si tout cela devait finalement se résoudre à présenter à la justice un gnome hirsute, mal embouché, indigne du décor et des autres acteurs de la tragédie ?

À l'idée qu'un banal fonctionnaire de l'administration des phares et des balises pût être le meurtrier d'une des dames les plus célèbres, les plus encensées et les plus riches du Royaume-Uni, le détective ressentait une forme de malaise vague – en quelque sorte, n'était-ce pas aussi choquant que d'apprendre que tel ou tel grand interprète de *Hamlet* s'apprêtait à sautiller stupidement et à pousser la romance dans une revue exotique ?

Sans aller jusqu'à tenir l'assassinat pour un des

beaux-arts, Sheen souhaitait tout de même que certaines traditions (devait-on parler de convenances ?) fussent respectées. Ainsi que le prouvaient les statistiques, on voyait presque toujours converger l'un vers l'autre un assassin et un(e) assassiné(e) appartenant à une même famille de pensée. Les criminels s'évadaient parfois de prison, mais le crime, lui, n'échappait pas à cette règle réconfortante : tout en poursuivant son expansion vers l'infini, l'univers tendait vers un surcroît d'harmonie.

Sheen en était là de ses réflexions lorsqu'il buta sur quelque chose de solide, dissimulé sous les bruyères. Il tomba. Il s'écorcha le coude. Les narines appliquées contre la lande froide et mouillée qui sentait le champignon et l'urine de mouton, il jura.

Il se releva, alluma la lampe de poche qu'il avait emportée et examina le terrain.

Un poteau télégraphique abattu gisait en travers du chemin.

— Je veux voir Sarah et Shirley, dit l'inspecteur.

Barbara étendit la main comme pour l'empêcher d'entrer dans la maison. Elle alluma les appliques du hall, mit un doigt en travers de sa bouche :

— Chut ! Tout le monde est monté se coucher… David nous a fait une espèce de crise de nerfs, il vient de comprendre qu'il ne reverra jamais plus sa grand-mère.

— Et les fillettes ? insista Sheen.

— J'ai moi-même aidé les cousines à se déshabiller et à se mettre au lit. Elles sautaient partout, deux vraies puces ! L'enterrement les a beaucoup excitées. Et aussi l'idée d'être coincées dans l'île jusqu'à la fin du mauvais temps. Elles se prennent pour des princesses captives.

— Je veux les voir, répéta l'inspecteur.

— Nous n'avons rien à vous cacher, dit Barbara. Venez sans faire de bruit.

Elle le précéda dans l'escalier. Elle portait une jupe de cuir noir bien trop courte, un chemisier de soie blanche fermé par de tout petits boutons de nacre. Sheen n'aimait pas cette jupe, il n'aimait pas ce chemisier. Barbara le devina :

— Sir Philip était triste. J'ai enfilé ça, il a été un peu moins triste. J'allais me changer au moment où vous avez sonné.

Il eut envie de lui demander : « Vous changer pour mettre quoi ? », mais elle s'arrêtait déjà devant une porte bleue.

La chambre des cousines s'ouvrait sous les toits. C'était un ancien grenier aux pentes tendues de papier à fleurs. Les grandes personnes étaient obligées d'y marcher courbées. Elles y venaient donc le moins possible. Les petites filles étaient là-haut chez elles. Il y avait aussi un cochon d'Inde en liberté.

Sarah et Shirley dormaient chacune dans un lit en fonte laqué de blanc.

Sarah chatouillait le bout de son nez de la pointe d'un vieux lainage, Shirley serrait contre elle une peluche molle et dégingandée qui avait dû être un singe.

La pièce prenait le jour par une vaste lucarne

ovale derrière laquelle, à cette heure, on apercevait la lune en fuite parmi les nuages.

Sheen se pencha au-dessus des enfants, pour vérifier que leur sommeil était naturel. Il ne put s'empêcher de regarder leur cou. Il sentit une odeur aigrelette.

— Elles ont fait pipi au lit, dit-il. Auraient-elles eu peur de quelque chose ?

Barbara haussa les épaules :

— Oh ! c'est juste Sarah, elle est énurétique. Miss Benton s'en amusait beaucoup.

— Je ne vois pas ce que cela a de drôle, fit l'inspecteur.

— Moi non plus, convint Barbara. Mais c'était un des traits de miss Benton : elle se réjouissait de choses que la plupart des gens trouvent désolantes. Je suppose qu'elle doit être heureuse en enfer : songez à ces milliards de malheureux dont elle contemple les supplices…

— Si elle est en enfer, elle les subit aussi.

— Pas miss Benton, affirma Barbara. L'eau n'a pas de prise sur les canards, la douleur n'a pas de prise sur miss Benton. Sortons, dit-elle brusquement, il paraît que les enfants sont comme les chiens et ne dorment que d'une oreille. Ils entendent tout ce que chuchotent les adultes, et ensuite ils font de mauvais rêves.

— Ça se comprend, dit Sheen en quittant la pièce.

Il verrouilla la porte derrière lui et mit la clé dans sa poche.

Quelques braises palpitaient encore dans le foyer de la cheminée. Mais s'infiltrant à travers les médiocres jointures des fenêtres, se glissant sous les portes, le froid de la nuit envahissait le grand salon. Les rideaux remuaient faiblement.

— Je dormirai là, dit Sheen en désignant le divan. D'ici, on contrôle tous les accès.

— Que redoutez-vous ? Moi, je n'ai pas peur.

— Quelqu'un a saboté le téléphone.

— La ligne est en dérangement, voilà tout. Sir Philip a vérifié les câbles qui nous relient au réseau général.

— Un poteau a été descellé et jeté à terre, loin, là-bas sur la lande.

— Par l'assassin ?

Sheen hésita avant de répondre. C'était une question pertinente.

— Quelqu'un tue, dit-il enfin, quelqu'un écrit des messages anonymes, quelqu'un sabote le téléphone – mais est-ce une seule et même personne ?

— Êtes-vous en train de vous demander s'il s'agit de moi ?

— Oui, Barbara, je me le demande depuis le début.

Il s'était assis sur le divan comme quelqu'un qui visite une chambre d'hôtel et, avant de la louer, éprouve la souplesse de la literie. Barbara vint à côté de lui, et elle posa sagement les mains sur ses genoux que la jupe de cuir découvrait.

— Allez-vous-en, dit Sheen.

— Pourquoi ? C'est un canapé à trois places.

Son haleine n'avait pas le parfum de miel de

celle de lady Patricia, mais elle n'en était que plus troublante. Son souffle était chaud. Elle respirait bruyamment, comme quelqu'un qui s'apprête à commettre une bêtise. Ses mains quittèrent ses genoux et vinrent sur les joues de l'inspecteur. Elle va m'embrasser, pensa celui-ci. Il avait encore le temps de se dérober, de se lever, d'aller se coller le dos à la grille de la cheminée et de dire n'importe quoi qui suffirait à rompre le charme, quelque chose comme : « Mrs. Selingwood m'a suggéré la chambre de Dune Benton. Mais il y a eu trop de fleurs dans cette chambre, je suis maladivement sensible au pollen, pas vraiment allergique, non, mais presque. » Pourtant, il ne dit rien, ne fit pas un mouvement. Il regardait les lèvres de Barbara. Celle-ci venait d'y passer sa langue, et sa bouche brillait. Ses mains serrèrent plus fort le visage du policier et le forcèrent à venir à la rencontre de son visage à elle. Il vit qu'elle commençait à baisser ses paupières, très lentement. Il en fut un peu surpris, ayant pensé qu'elle l'embrasserait les yeux ouverts, avec insolence. Elle avait de longs cils recourbés comme les poupées en plastique, comme les héroïnes des romans. Sa peau était pleine, souple et lisse, un peu duveteuse au-dessus de la lèvre supérieure. L'odeur de muguet montait de son cou, de l'échancrure du chemisier blanc. Elle ouvrit la bouche et la posa, toute ronde, sur celle de John William. Il sentit sa langue toucher ses lèvres à lui, les incitant à se séparer. À présent, Barbara avait les yeux tout à fait clos. Ses ongles descendaient le long des joues de l'inspecteur, les griffant un peu. Il ferma les yeux à son tour. Humide et chaude, la salive de Barbara mouillait le contour de sa bouche. La langue de la jeune fille parut se gonfler et s'épanouir, comme ces fleurs que le cinéma à l'accéléré fait s'ouvrir en quelques dixièmes de seconde. Irrésistible, elle se fraya une voie jusqu'à sa langue à lui. John William tressaillit. Il avait quatorze ans, c'était un dimanche en automne dans la cour d'un immeuble en brique, à une époque où la télévision n'existait qu'en noir et blanc, c'était à Birmingham, à son balcon une femme chantait en plumant un perdreau, le duvet doré descendait sur la cour en voletant comme de la neige, il descendait sur le petit John William et sur la petite Pamela, car cette fille qui lui donnait son premier baiser s'appelait Pamela, et jamais plus il n'avait éprouvé une émotion aussi intense, sauf maintenant, oui, maintenant cette émotion le reprenait comme à Birmingham, à Birmingham il avait pleuré un peu, et il pleurait un peu à présent, il pleurait derrière ses yeux fermés, empêchant les larmes de sortir, pensant qu'il n'y avait rien au monde de plus beau que le baiser d'une femme quand on aime cette femme, et puis ne parvenant plus à penser à quoi que ce soit. Barbara le regarda. Elle avait des yeux naïfs. Elle le déshabillait. La nuit était d'un noir extrême, mais les lampes du salon projetaient au-dehors un faible halo, et dans ce halo on voyait tomber des feuilles de vigne vierge, des feuilles mortes arrachées par le vent.

— Arrêtez, dit-il, arrêtez ça ou nous allons faire l'amour.

Elle inclina la tête avec cette grâce un peu

languide des personnes condamnées à qui le bourreau recommande de bien présenter et de bien dégager la nuque :

— Oui, oui, je veux faire l'amour. Arthur ne me fait pas l'amour, lui. Il se contente de m'étrangler un petit peu. Je veux savoir ce que c'est, l'amour pour de vrai.

Elle fit pression sur ses épaules, il s'allongea sur le divan. Elle frôla la touche sensitive d'une télécommande, un disque se mit à jouer, c'était la *Rhapsody in blue.* Elle s'étendit sur John William. Elle lui lécha le visage, insistant sur ses narines et disant :

— C'est une petite punition pour vous, Mr. Sheen.

Il ne voyait pas du tout en quoi il avait mérité d'être puni. De toute façon, ce n'était pas une punition, c'était inhabituel, certes, mais plutôt bouleversant.

Il lui raconta en bégayant un rêve qu'il avait fait la nuit précédente à propos d'une jeune cosmonaute aux yeux gris qui allait être lancée vers Jupiter.

Elle l'interrogea sur la signification de ce rêve, et il répondit :

— Les rêves ne veulent rien dire, ils sont tout simplement des rêves. Seigneur Dieu ! ajouta-t-il avant de la déchirer, vous n'en êtes pas un…

Quelques instants plus tard s'acheva la *Rhapsody in blue.*

Barbara était toujours couchée sur John William, pesant de tout son poids de jeune fille épuisée.

Alors elle se retourna sur le dos, dans un mouvement si parfait que Sheen en fut ébloui. Un peu de sang, mais vraiment très peu, tachait leurs deux ventres. Elle murmura :

— À présent, détective, je vais vous apprendre ce qu'a été la dernière nuit de Dune Benton.

— Pourquoi feriez-vous ça ?

— Parce qu'il faut bien parler après l'amour, non ? Et puis, je ne veux plus que vous pensiez que c'est moi qui l'ai tuée.

— Vous avez peur que je vous arrête ?

— Il y a une heure, j'espérais cette arrestation. Je l'appelais de tous mes vœux. Tout, même la prison, plutôt que de continuer comme ça. Je ne suis rien, ici. Miss carpette, miss crachoir, miss gratte-merde. La vieille les a habitués à m'humilier, ils en rajoutent.

— Sir Philip a de l'affection pour vous.

— Oui, bien sûr, il apprécie mes petites agaceries. Il a de l'affection – comme vous dites – pour mes mains, pour ma bouche. Je suis autre chose que des mains et une bouche. Alors, je n'étais pas contre un beau et grand procès. J'en serais sortie acquittée, innocente, avec toute l'opinion publique derrière moi.

— Et chez vous, à Southampton, vous n'existez pas non plus ?

Elle eut un sourire misérable :

— Oh ! Southampton, il faudra venir, vous comprendrez. À présent, ajouta-t-elle avec force, je veux rester libre.

— Pour me revoir ?

— Pour revoir un homme. Mais j'aimerais que cet homme soit vous, c'est vrai.
— Je vous écoute, dit-il.

Ce qu'elle savait, elle l'avait appris en suivant Dune Benton comme son ombre. C'était la première année, le premier été où elle osait agir ainsi. Jusqu'alors, elle avait simplement obéi, avec une soumission de jeune page, ne cherchant pas à comprendre. Comme ne manquait pas de le lui rappeler Dune Benton, c'est en croquant le fruit de l'arbre de la Connaissance du Bien et du Mal qu'Adam et Eve s'étaient retrouvés nus, ce qui est un moindre mal, et damnés, ce qui est un désastre irrémédiable.

Pour Louisa Marycott, alias Barbara, alias Peggy, la damnation consistait à n'être plus appelée à Greenhill Island, à devoir végéter sur les quais de Southampton. Son père était homme-sandwich pour le compte d'un shipchandler. À la tombée du jour, plutôt que de s'égosiller le long des entrepôts, il agrafait sur ses panneaux publicitaires un avis où il avait lui-même calligraphié, en énormes lettres noires sur fond jaune : « Ohé, Louisa, la nuit tombe, rentre à la maison ! » Elle finissait toujours par le voir, harassé, les épaules sciées, claudiquant entre les rails, sous les grues. Elle s'engageait sur le chemin du retour, en se demandant pourquoi – il n'y avait pas grand-chose de plus exaltant à faire à la maison.

Tandis qu'à Greenhill, sous la férule de miss Benton, elle connaissait des émotions et gagnait de l'argent.

Mais pourquoi était-elle Louisa Marycott et non pas Dune Benton ? Qui était Dune Benton, et comment devenait-on Dune Benton ? Telles furent les questions qu'elle se posa cet été-là, sachant qu'il lui fallait les résoudre avant les mauvais jours, parce que l'été ne tarderait pas à finir et Dune Benton à mourir.

— La nuit où miss Benton mourut, Mrs. Selingwood n'avait pas pu venir aider au cottage à cause d'un de ses enfants qui était malade. Lady Patricia me demanda de desservir et de faire la vaisselle. Je n'aime pas beaucoup ça, alors je tramais. Je regardais sans arrêt par la fenêtre de la cuisine. Je voyais Mr. Robin couper les roses fanées. Il effeuillait les moins abîmées et mettait les pétales dans une boîte en carton. Je suppose qu'il avait dans l'idée de les faire sécher pour se fabriquer un pot-pourri.

« Il faisait presque nuit lorsque miss Benton quitta la maison. Elle était habillée de façon élégante. Ce qui m'étonna car, le soir après dîner, elle n'aimait rien tant que monter enfiler une vieille robe de chambre et des pantoufles fourrées. Elle parut contrariée en apercevant Mr. Robin. Mais elle ne pouvait pas l'éviter, alors elle alla vers lui et ils échangèrent quelques mots. J'ignore ce qu'ils se sont dit, mais toujours est-il que Mr. Robin avait l'air furibond. Miss Benton le quitta brusquement et s'éloigna par le sentier qui descend vers le port.

« Lady Patricia n'entre jamais à la cuisine, elle prétend que les odeurs de vaisselle sale lui soulèvent le cœur. Je ne risquais donc rien à laisser sur l'évier deux ou trois casseroles pas lavées. Je sortis de la cuisine par la porte de derrière. J'enjambai la haie d'hortensias et rejoignis le sentier. Miss Benton marchait en donnant des coups de canne dans les buissons. Elle n'était pas vraiment en colère, elle paraissait seulement nerveuse.

« J'ai pensé qu'elle devait avoir très froid, vêtue comme elle l'était. Il ne pleuvait pas encore, mais le vent soufflait de façon terrible. La mer était agitée. Ce n'était pas la houle dont nous avons ici l'habitude, mais une sorte de bouillonnement un peu effrayant. Les vagues accouraient de partout à la fois et explosaient en se brisant les unes contre les autres.

« Juste avant d'arriver au port, il y a une cabane grise, en bois. C'est là qu'on remise le *Zodiac* qui sert à secourir les naufragés. La cabane est cadenassée, mais c'est symbolique, n'importe qui peut y pénétrer en passant par la lucarne qui ferme mal.

« Justement, quelqu'un était dans la cabane. J'ai reconnu Natalia Nikolaievna. Je me suis cachée. Natalia Nikolaievna est sortie de la cabane et s'est mise elle aussi à suivre miss Benton. Elle parlait toute seule, mais impossible d'entendre ce qu'elle marmonnait à cause du ressac et des hurlements du vent. Je crois qu'elle priait en russe, mais je n'en suis pas sûre.

« Miss Benton est allée jusqu'au phare. Elle a appelé Arthur par l'interphone. Arthur a ouvert la porte et miss Benton est entrée. Elle n'a pas refermé. Natalia Nikolaievna a sauté à bord d'un chalutier et s'est dissimulée derrière l'avancée de la timonerie. Visiblement, elle attendait que miss Benton quitte le phare.

« Mon intention était de me faufiler dans le phare, de grimper les escaliers pour écouter ce que pouvaient bien se raconter Arthur Stockerton et Dune Benton. J'étais persuadée qu'ils parlaient de moi, que la vieille proposait un marché à Arthur pour qu'il accepte d'aller plus loin avec moi, d'aller jusqu'au bout. Mais tant que la Russe était là, à guetter, je ne pouvais pas m'approcher.

« Alors, lady Patricia est arrivée à son tour. Bien qu'elle ne sache pas très bien la conduire, elle avait pris la Rolls. À cause de son moteur peu bruyant, je suppose. Dans la lumière des phares, elle a aperçu Natalia Nikolaievna. Elle est montée à bord du chalutier. Elle a dit à la Russe : "Natalia, ne faites pas de bêtises. J'ai eu Londres au téléphone, Dune est réellement perdue. Vous voulez l'avion ? Il est à vous, quelles que soient les clauses du testament de ma belle-mère. Je vous demanderai seulement de nous emmener en Italie ou dans le sud de l'Espagne, Philip et moi, chaque année entre le 1er et le 20 mars." Natalia s'est mise à pleurer nerveusement. Ma parole, détective, je n'ai jamais vu autant de larmes dégouliner sur un visage. Son maquillage s'en allait avec le torrent, ou bien s'agglutinait en plaques boursouflées comme si elle avait la lèpre. Je crois que Natalia était sortie dans l'intention de tuer miss Benton de peur que celle-ci ne vende l'avion dès son retour à Londres. Pour vous, Oliver McFynn et Arthur Stockerton sont fous, mais laissez-moi vous dire que Natalia Nikolaievna est aussi folle que ces deux-là réunis.

« Ces histoires d'avion ne m'intéressaient pas. Je ne suis jamais montée dans ce fichu Cessna. La seule fois où cela a failli m'arriver, c'est le jour où miss Benton voulait m'attacher sur une des ailes. Elle l'aurait probablement fait sans l'intervention de sir Philip. Celui-ci détestait la façon dont sa mère me traitait. Mais si je m'étais livrée à lui, les choses auraient peut-être tourné plus mal encore pour moi. Car il faut se méfier de l'eau qui dort, n'est-ce pas ?

« Toujours est-il que la discussion entre Natalia Nikolaievna et lady Patricia m'a permis de me glisser à l'intérieur du phare sans être vue. J'ai grimpé les marches et je me suis retrouvée sur le faux palier, à l'aplomb de la lanterne. Miss Benton disait : “Je sais qu'il est tard, Arthur, mais j'ai vu de la lumière et j'en ai déduit que vous ne dormiez pas.” Arthur s'est moqué d'elle : “Eh ! eh ! miss Benton, un phare, on voit toujours de la lumière !” Là-dessus, Arthur a donné une couverture à miss Benton. Elle l'a mise sur ses épaules, elle a réussi à frissonner comme une pauvre petite fille frigorifiée. Elle était vraiment une comédienne magnifique. Elle a dit : “À la vérité, je viens vous trouver à propos de Barbara. C'est moi qui l'ai envoyée vers vous.” Arthur a jeté un coup d'œil vers l'escalier, mais il ne pouvait pas me voir. Il a répondu à miss Benton : “Cette fille, ça me plairait bien de l'enduire de miel et de la rouler ensuite dans un tas de plumes pour qu'elle ait tout à fait l'air d'une oie sauvage. Mais il faudrait une sacrée quantité de miel et je n'ai pas assez de fric pour ça." Miss Benton a ri : "Vous pourriez la rouler dans le goudron, c'est moins onéreux que le miel." Arthur a dit : "Ah ! mais non, miss Benton, moi je veux un oiseau qui sente bon."

« Pendant un moment, ils n'ont plus parlé. Arthur s'occupait de la lanterne. Il avait mis des lunettes noires pour procéder à sa vérification. Miss Benton tournait en rond, elle se heurtait aux vitres comme un papillon de nuit. Elle s'est rappelé un souvenir : "Un jour, Arthur, à la fête sur le port, je vous ai offert à boire. Ça vous a fait plaisir parce que vous aviez très soif. C'était il y a longtemps, mais vous devez vous en souvenir. C'était de la bière. N'auriez-vous pas de la bière quelque part au frais ? J'en boirais volontiers avec vous, cette nuit." Arthur a remonté les lunettes noires sur son front, et il a seulement dit : "Ouais, ouais, miss Benton, et à part la bière qu'est-ce que vous voulez d'autre, hein ?" Je la vis se coller contre lui – c'est-à-dire que je vis son ombre à elle se serrer contre son ombre à lui. Elle soupira : "Savez-vous ce que j'aurais dû faire, le jour de la fête ? Vous emmener avec moi. Au milieu de tous ces gens qui dansaient, personne ne se serait aperçu de rien. Je vous aurais emporté dans ma voiture, et j'aurais lâché le volant pour vous toucher, là, comme ça..." À présent, elle le caressait. Il dit : "Si vous aviez lâché le volant, la voiture..." Il pensait à un accident. Elle a fait semblant de lui donner de petites gifles : "Quoi, la voiture ? Elle aurait continué, la voiture ! Vous ne savez donc pas que tout m'obéit, Arthur ? Que je suis une espèce de reine ? Que je suis presque Dieu ?" Et tout de suite elle s'est écartée de lui, elle s'est ratatinée sur elle-même, elle a murmuré : "Je suis une vieille bourrique stupide, oui !" Arthur a seulement répondu qu'elle devait s'en aller, qu'elle était tout le temps dans la lumière du phare et que ça faisait des ombres sur la mer. Elle a crié : "Ouvre une fenêtre, Arthur, je veux voir nos ombres sur la mer !" Il a dit que non, c'était impossible, les fenêtres ne s'ouvraient pas car autrement les oiseaux viendraient se fracasser contre la lanterne et tout le système risquerait de se bloquer.

« Alors miss Benton a ramassé une clé anglaise et elle s'est adossée contre la paroi circulaire vitrée. Elle a dit : "Je veux que tu m'aimes, Arthur. Je vais mourir, et c'est la dernière chose que je veux. Seulement, je ne suis plus très belle. Vous autres, les hommes, vous ne pouvez pas vous forcer : vous bandez ou vous ne bandez pas. Et moi, évidemment, je ne te fais pas bander. Mais ce n'est pas grave, Arthur, j'ai trouvé un moyen pour arranger ça…"

« Elle frappa de toutes ses forces contre le vitrage. La verrière explosa en une myriade d'éclats qui scintillaient comme des diamants à la lumière de la lanterne. Je n'ai jamais rien vu de plus beau. Ni de plus terrible. Miss Benton riait et disait : "Maintenant, je vais me jeter en bas. En tombant, je serai comme l'oiseau. Je ferai l'oiseau. Toi qui aimes tant les oiseaux, Arthur, toi qui aurais tant voulu une femme capable d'être un peu un oiseau pour toi – eh bien ! la voilà, c'est moi."

« Ce qu'elle parlait de faire, elle en était capable. En cognant avec l'outil, elle élargissait la faille ouverte dans la paroi vitrée. Arthur dut se jeter sur elle et la maîtriser. Ils tombèrent l'un sur l'autre. Miss Benton s'évanouit.

« Quand elle revint à elle, Arthur était agenouillé tout près et lui caressait le visage. Elle lui reprocha tout bas, tandis que de grosses larmes coulaient de ses yeux : "Pourquoi n'as-tu pas voulu que je fasse l'oiseau pour toi, Arthur ? Qu'est-ce que ça pouvait bien me faire de mourir ?" Il a dit : "Vous allez faire l'oiseau pour moi, miss Benton. Écartez les bras, écartez-les comme des ailes. Les lèvres aussi, écartez-les comme un bec."

« Il se coucha sur elle, il l'embrassa. En même temps, il lui serra un peu le cou. Voilà l'origine des marques de strangulation qui ont alerté le docteur Hadley. Mais je jure qu'Arthur Stockerton n'a pas tué Dune Benton. Il lui a fait l'amour, comme nous l'avons fait tout à l'heure vous et moi. J'ai pu m'approcher sans crainte d'être aperçue. Le visage de Dune Benton était celui d'une femme heureuse.

Barbara se tut.

— Et ensuite ? demanda Sheen.

— Il n'y a pas d'ensuite.

— Admettons qu'une vague de bonheur ait submergé Dune Benton. Ce n'est pas cette vague-là qui l'a emportée jusqu'à Loch Ennyrd, ni qui lui a occasionné une fracture du crâne.

— Après l'amour, elle a quitté Arthur, elle a descendu l'escalier du phare, elle est partie sans se retourner. Vous devinez pourquoi.

— Je ne devine rien du tout, dit l'inspecteur. Je n'ai pas envie de partir sans me retourner, moi, je veux rester dans vos bras.

Barbara sourit.

— Parce que nous sommes des amants conventionnels. Heureuse, miss Benton était aussi honteuse. Elle éprouvait, je crois, le besoin de se purifier, de se laver de l'amour que lui avait fait Arthur Stockerton. Seule la mer, si violente cette nuit-là, pouvait la débarrasser de sa souillure. Je la vis se diriger vers Loch Ennyrd, qui est la grève la plus proche du phare. Je l'y suivis. Elle s'avança vers les vagues.

— À ce moment-là, où étaient Natalia Nikolaievna et lady Patricia ?

— De retour au cottage. Le fait est que nous étions seules sur la plage, miss Benton et moi.

— Ça, dit Sheen, c'est quelque chose qui est embêtant.

— Oui, soupira Barbara.

Il ferma les yeux.

— Vous réfléchissez très fort, détective ?

— Oui, dit-il, je réfléchis très fort.

En réalité, il ne pensait pas au meurtre mais à Olivia, la petite voleuse de Venise. Comme Barbara, elle lui avait touché le nez du bout de sa langue. Il venait tout juste de se le rappeler. Et cela ne laissait pas de le troubler – la coïncidence autant que la caresse.

10

Le lendemain, le beau temps revint enfin, empourpré, délicat, sentant bon la terre qui fume, les dahlias qu'on coupe, le muscat tout bruissant de guêpes, le linge qu'on se hâte d'étendre au soleil, le calfat des bateaux en bois et le chanvre de leurs cordages qui sèche et devient d'un blanc argenté.

De nouveau les femmes de pêcheurs descendaient au port, aidant à désarmer les chalutiers qu'on tirait au sec en prévision de l'équinoxe. Elles emportaient, brassés contre elles comme une lessive, les filets, les cirés de pêche, les courtes voiles triangulaires des tapeculs. Le bassin n'était plus qu'une vaste toile d'araignée tissée d'aussières, d'amarres, de bouts et de filins.

L'île résonnait du grondement des cinq ou six tracteurs assurant l'ensilage des moissons. Un brouillard de paille, de poussière de grains, montait des chemins creux.

Quelques heures d'ensoleillement suffirent à faire surgir un tapis de petites herbes et de mousses, avec aussi quelques champignons roses, sur le tumulus de terre qui signalait la tombe de Dune Benton.

— Le récit de Barbara la condamne, dit Harris Wabbit en essayant de faire tenir une couche de miel liquide sur une tranche de pain pleine de trous. D'autant que Stockerton confirme tout ce qu'elle a raconté. Elle est la dernière personne à avoir vu Dune Benton vivante, et cela sur les lieux mêmes du crime. Notre erreur a été de penser que Barbara pouvait avoir tué la vieille dame par esprit de vengeance. Il s'agit ni plus ni moins d'un drame de la jalousie. Barbara, malgré ce qu'elle a prétendu, était amoureuse d'Arthur Stockerton. Ne me demandez pas pourquoi, les jeunes filles sont imprévisibles. Empêtré dans ses fantasmes, le gardien de phare ne lui a pas donné le plaisir qu'elle attendait de lui. De son côté, Barbara n'a pas su ou pas osé l'entraîner jusqu'où elle souhaitait. Là-dessus est arrivée Dune Benton qui, malgré son âge, sa maladie et ses outrances, a obtenu de Stockerton ce dont rêvait précisément Barbara. Laquelle Barbara en a été le témoin auditif et visuel, un témoin bouleversé, désespéré. Quand miss Benton a quitté le phare pour aller se laver dans la mer, la petite Barbara, qui reconnaît l'avoir suivie à Loch Ennyrd, s'est emparée d'un galet et a frappé la vieille dame à la nuque.

— L'hypothèse du galet comme arme du crime me semble tout à fait recevable, approuva le docteur Chickenwild.

Le surintendant le remercia d'un regard et conclut :

— Assommée, Dune Benton s'écroule. Il est

possible que la jeune fille, affolée par ce qu'elle vient de commettre, tente de la ranimer. Peut-être même de la saisir sous les épaules pour la ramener au cottage. Trop frêle, elle n'y parvient pas et s'enfuit. En remontant, la mer submerge le cadavre, pénétrant dans les narines et dans la bouche, envahissant les poumons.

Chickenwild hocha la tête et regarda Wabbit avec admiration :

— Mon cher, il ne fait pour moi aucun doute que les choses ont pu se passer comme vous venez de nous le raconter. En tout état de cause, ajouta-t-il en se tournant vers John William Sheen, voilà qui cadre parfaitement avec les conclusions de l'autopsie.

L'inspecteur principal ne répondit pas. Il observait avec intérêt les progrès du miel qui, passant à travers les trous de la tartine de Wabbit, tombait en larmes gluantes et poisseuses sur le chandail du surintendant. Si ce dernier avait la témérité d'élever son toast un peu plus haut, le miel lui engluerait alors directement le cou.

Dans sa démonstration, Harris Wabbit avait oublié le corbeau, le téléphone coupé et le billard détraqué. Il était très exactement dans la situation du personnage qui démonte un réveille-matin grippé, puis le remonte et se trouve alors en présence de rouages qui ne vont apparemment nulle part, et qui s'écrie : « Comprends-tu enfin, Alice chérie, pourquoi l'économie bat de l'aile ? Nous payons tout trop cher, parce qu'ils y mettent un tas de petites choses inutiles. » Mais Sheen n'avait pas l'intention de perturber Wabbit avec ses réflexions à propos des rouages qui gisaient stupidement sur la table. Il faut avoir pitié d'un homme qui a déjà tant de problèmes avec un toast de rien du tout et un peu de miel liquide.

— Achevons cet excellent breakfast, dit Wabbit, et allons arrêter Barbara. Mais si cela doit vous contrarier d'une façon ou d'une autre, Sheen, je puis parfaitement le faire tout seul. Je veux espérer que la jeune fille n'opposera pas de résistance.

— Peut-être même sera-t-elle soulagée d'en finir, appuya le docteur Chickenwild. Les criminels portent en eux un singulier désir de punition. *Crime et Châtiment* reste à ce jour le meilleur exemple de ce que je veux dire. C'est assez réconfortant, je trouve. N'est-ce pas le signe que nous avons tort, entraînés comme nous le sommes par nos professions respectives, de désespérer du genre humain ?

Sheen replia sa serviette et se leva. Il quitta la salle à manger sans un mot. Il n'avait même pas fini sa tasse de thé. Harris Wabbit et le docteur Chickenwild l'entendirent monter l'escalier. Puis il y eut le bruit de la porte de sa chambre qu'il ouvrait et refermait.

— Je le plains, dit le médecin. Il s'est épris de la petite.

— Il semblerait, chuchota Wabbit, que ce ne soit pas la première fois que pareille mésaventure lui arrive. On raconte qu'une femme qu'il aimait fut confondue et appréhendée par lui, et puis condamnée à mort.

— Et exécutée ? demanda Chickenwild en frissonnant.

— Graciée d'extrême justesse, docteur. C'était il y a longtemps, bien sûr.

Margaret apparut pour desservir. Constatant qu'il restait du thé dans la tasse de l'inspecteur et qu'il n'avait pour ainsi dire pas touché à sa part d'œufs brouillés, elle s'inquiéta de savoir s'il était souffrant. Elle avoua qu'elle l'aimait bien et qu'il méritait de trouver une bonne épouse, sage, propre et ordonnée, capable de lui apporter le bonheur.

— Voyez-vous, dit Wabbit après que la servante eut regagné son office, Sheen plaît aux femmes.

Le docteur Chickenwild dit que, malheureusement, il ne pouvait pas prétendre de même. Il s'en désolait car Margaret lui paraissait, en dépit de sa pâleur et de sa blondeur excessives, une attrayante jeune personne.

Lady Patricia leur ouvrit la porte du cottage. Elle était en bigoudis, son visage disparaissait sous un masque de beauté à base d'extraits d'algues, et de petits morceaux d'ouate séparaient ses doigts de pied dont elle venait de vernir les ongles.

Elle avait décidé, expliqua-t-elle, de ne pas s'abandonner à la morosité ambiante. Même si le retour du beau temps n'était qu'une flambée de paille, même si Philip persistait à s'enfermer dans la chambre de sa mère et à y pousser des soupirs à fendre l'âme, même si Mrs. Selingwood, comme elle l'en avait menacée, rendait son tablier sous prétexte qu'il n'était pas convenable de servir dans une maison où il y avait eu un cadavre et un assassin – le cadavre était enterré, certes, mais tout incitait Mrs. Selingwood à penser que l'assassin rôdait encore –, lady Patricia ferait contre toutes ces mauvaises fortunes bon cœur, et surtout belle figure.

Dès que les communications seraient rétablies, elle se rendrait à Londres où elle commanderait des robes, deux manteaux, six paires de chaussures, un sac mi-crocodile mi-lézard, un béret avec une longue plume de coq de bruyère, un parapluie escamotable et une Austin noire sur les portières de laquelle elle ferait graver ses initiales.

— Parce que, conclut-elle, Philip a eu la bonne idée de retrouver le testament de ma belle-mère, et nous voilà à l'abri du besoin.

Harris Wabbit haussa un sourcil :

— Le testament ? Où était-il ?

— Dans une enveloppe cachetée, elle-même glissée entre les pages d'un livre : l'*Agenda champêtre* d'Edith Holden. C'était une exquise jeune Anglaise qui adorait les plantes, les papillons et les oiseaux.

Le surintendant était insensible aux charmes de la nature. Il demanda sèchement :

— Miss Benton vous lègue l'ensemble de sa fortune ?

— Oui, y compris son appartement de Londres dont je craignais qu'elle ne voulût l'abandonner à une société littéraire qui s'occupe des écrivains nécessiteux. La seule chose qui nous échappe est l'avion. Il revient à Natalia Nikolaievna. Cette vieille dinde n'a rien trouvé de mieux que de s'évanouir. La joie, je présume.

— Mr. Robin J. Robin, l'éditeur, hérite-t-il quelque chose ?

Lady Patricia ne put s'empêcher de rire, ce qui eut pour effet de craqueler la croûte de son masque :

— Un manuscrit, oui, un inédit de Dune : *Production et consommation du caviar d'esturgeon en Russie soviétique sous Staline (1879-1953)*.

— Miss Benton ne manquait pas d'humour, reconnut Wabbit. Et notre jeune amie Barbara ?

Le sourire de lady Patricia se figea :

— Pourquoi cette petite idiote hériterait-elle ? Elle n'est rien.

— Ne la jugez pas, reprocha doucement le docteur Chickenwild. Ce sera le travail des jurés.

— Que voulez-vous dire ?

— Elle est en état d'arrestation, dit Wabbit.

Barbara descendait l'escalier. Fidèle à ses habitudes, le chien Angus dévalait lui aussi les marches, mais en zigzag et en prenant toutes les dispositions possibles afin de faire tomber la jeune fille. Angus ne supportait pas qu'on empruntât l'escalier de Benton House sauf si l'on portait un fusil, une gibecière ou des bottes de chasse. Malgré ses aboiements forcenés, Barbara entendit la dernière phrase de Harris Wabbit. Elle s'immobilisa, soudain très pâle, se retenant à la rampe comme quelqu'un qui redoute de s'effondrer.

Le surintendant leva les yeux vers elle et dit :

— Louisa Marycott, au nom de la Reine je vous arrête. Il est de mon devoir de vous prévenir que tout ce que vous direz pourra être retenu contre vous.

Barbara fit non de la tête. Le sang continuait à se retirer de son visage, à tel point que ceux qui la regardaient se demandaient si son extrême pâleur n'allait pas devenir purement et simplement de la transparence.

Elle se retourna, considéra un instant les marches qu'elle avait descendues, comme si elle s'apprêtait à les remonter pour gagner le palier et, de là, se lancer dans une fuite sans espoir. C'est un réflexe commun chez les personnes qui s'entendent accuser de meurtre que de manifester leur refus par une échappée. Elles perdent tout sens des réalités et se sauvent le plus souvent dans des directions qui ne les mènent nulle part, sinon le dos au mur. Il y avait là, pensait Wabbit, quelque chose de poignant qui rappelait la course erratique de la bête que la chasse a blessée et qui s'enfuit à découvert, s'offrant alors aux balles qui vont lui donner le coup de grâce.

— Je vous en prie, dit le surintendant d'une voix qu'il voulait apaisante, ne soyez pas stupide, vous n'avez aucune chance de vous échapper. Et quant à moi, je n'ai pas l'intention de vous faire le moindre mal. La police arrête, elle ne punit pas. Soyez sage et finissez tranquillement de descendre cet escalier.

Après une hésitation, elle obéit et vint jusqu'à lui. Son parfum de muguet était en train de se dénaturer sous l'influence de la sueur acide et froide qui coulait sur son corps.

Le surintendant lui saisit un poignet et, se tournant vers lady Patricia, demanda :

— Puis-je disposer du salon, milady ? Cette jeune personne a besoin de s'asseoir.

Lady Patricia se contenta d'acquiescer d'un geste. Très émue, elle ne quittait pas Barbara des yeux et paraissait stupéfaite.

Le docteur Chickenwild ouvrit lui-même la porte du salon. Comme Wabbit et Barbara passaient devant lui, il retint la jeune fille :

— Est-ce que ça va aller? Voulez-vous un verre d'eau?

Les pupilles dilatées, elle le fixa sans répondre. Elle semblait ne pas le reconnaître, à peine entendre le son de sa voix. Le médecin la conduisit jusqu'à un fauteuil où elle se laissa docilement asseoir.

— Wabbit, dit Chickenwild, j'insiste pour que vous permettiez à cette enfant de récupérer avant de l'interroger. Elle est au bord de l'état de choc.

— Je vais faire servir quelque chose, dit alors lady Patricia en quittant précipitamment la pièce.

Angus s'était couché aux pieds de Barbara, la truffe sur le bout des baskets de la jeune fille. Il était aussi heureux qu'un chien peut l'être, et son bonheur contrastait de façon criante avec la souffrance de Barbara, la sollicitude inquiète de Chickenwild et la gêne que commençait à éprouver Harris Wabbit.

Le surintendant en voulait furieusement à Sheen de sa lâcheté. Car pouvait-on qualifier autrement la dérobade de l'inspecteur au moment où l'on procédait à l'arrestation de la coupable? Certes, Sheen ne s'était nullement opposé à cette arrestation. Sa retraite dans sa chambre d'auberge ne signifiait pas un quelconque désaccord, mais seulement qu'il ne tenait pas à participer à l'action finale.

Et sans doute continuerait-il de lâcher du lest, abandonnant à Wabbit le soin de convoyer Barbara jusqu'à Thurso, et de là à Londres.

Il se contenterait de rédiger le long rapport destiné à la Justice.

Quand il le voudrait, il pourrait lever les yeux de dessus sa machine à écrire et rêver. Pour peu qu'il habitât près d'un parc, il jetterait un imperméable sur ses épaules et s'en irait s'asseoir sur un banc, taquinant les feuilles mortes de la pointe de ses souliers, regardant jouer les enfants dans les bacs à sable et les jolies nurses occupées à tricoter ou à feuilleter des magazines rassurants. Après quoi, bien rassasié par mille et une douces banalités, Mr. l'inspecteur principal regagnerait son antre et reprendrait son rapport.

— Oh ! *shit*, s'écria Harris Wabbit.

Barbara venait de se plier en deux. Avec des allures de poupée cassée, elle vomissait.

En un des rares endroits du parc de Benton House où se faisait sentir l'influence de la mer, c'est-à-dire sous un bouquet d'arbres exposés au vent du large et dont l'air salin avait grillé quelques branches, se dressait une petite tente d'Indien.

Un cercle d'herbes roussies témoignait de l'existence de feux de camp pour jouer. Sur des brandons carbonisés était posée une baguette où s'attachaient encore les vestiges gluants de carrés de guimauve mis à rôtir.

John William Sheen s'assit sur ses talons, comme

il convenait à une Tunique Bleue rendant visite à un grand chef emplumé.

— David ? appela-t-il – et il s'empressa d'ajouter : je dis David parce que je ne connais pas ton nom de guerre.

— Je n'ai pas de nom de guerre, fit David depuis l'intérieur de la tente. Je ne me prends pas pour un Indien. Je ne suis pas enfant à ce point. Mamy m'a offert cette tente, mais je ne l'avais pas demandée. Moi, je voulais juste un grand tonneau pour me faire une cabane.

— Je comprends ça, approuva l'inspecteur. J'étais très calé, à ton âge, pour me construire des refuges dans les arbres.

— Vous aviez sans doute la chance d'habiter un pays où les arbres ne sont pas sans arrêt secoués par le vent. Ici, je n'ai pas un seul copain qui ait une cabane dans un arbre. D'ailleurs, je n'ai pas de copains.

— Tu as tes cousines.

— Bah ! dit David avec indifférence.

— Elles sont jolies, fit remarquer Sheen.

En réalité, Sarah et Shirley n'avaient rien de très exceptionnel sinon la grâce de leurs onze ou douze ans et leurs lèvres charnues qui étaient déjà des lèvres de femmes.

David souleva la portière de toile bariolée et considéra Sheen en hochant la tête :

— Je me fiche bien de Sarah et de Shirley ! Vous avez du temps à perdre, on dirait. Moi pas, l'école recommence bientôt. Alors, si ça ne vous ennuie pas, je voudrais finir mes vacances.

Un matin, il ne savait plus si c'était hier ou avant-hier, Sheen avait surpris David en train de fourrer son nez constellé de taches de rousseur dans la bouche de Sarah. Le petit garçon avait beau dire beurk ! beurk ! il était visible qu'il trouvait cela agréable. Sheen se souvenait d'avoir lu une scène où des enfants agissaient de même. C'était dans un livre traduit du français, l'auteur s'appelait Céline. Les enfants du livre de Céline vivaient dans une sorte d'impasse toujours sombre et semblaient n'avoir d'autre dérivatif que de se mettre le nez dans la bouche. Comment diable s'intitulait le livre de Céline ? Dans le fond, c'était sans importance. C'était un si vieux livre. Il appartenait à la jeunesse de Sheen. Mais Sheen aimait bien David parce qu'il était un peu comme les enfants du livre. Et lui aussi, Sheen, était comme David et comme les enfants du livre. Jusqu'à son dernier souffle, il se rappellerait la salive de Barbara dans le grand salon solennel de Benton House. Au fond, songea l'inspecteur, j'ai peut-être encore quelque chose d'un enfant. C'était une pensée agréable. Les oiseaux chantaient dans les arbres. La mer allait et venait, faisant sur les galets un bruit de satin qu'on froisse. Il y avait comme des paillettes d'or dans la lumière. Alors, Sheen demanda au petit garçon la permission de visiter sa tente.

C'était la première fois qu'une grande personne prenait la peine de s'intéresser au royaume de David. Les autres se contentaient de jeter des regards hostiles sur la tente et de dire qu'elle déparait le paysage et faisait ressembler le parc à un campement de nomades.

David considéra l'inspecteur comme un ami. Il lui offrit des pastilles Smarties. Sheen les croqua, puis sortit de sa poche les messages écrits sur des fragments de cahier :

— Dommage que ton feu de camp soit éteint, David. J'aurais très volontiers brûlé ça. C'est devenu inutile, à présent. Nous avons trouvé la bonne piste. Et même, nous sommes arrivés au but. Ce matin, le surintendant Wabbit doit arrêter Barbara.

L'enfant le dévisagea, incrédule :

— Vous blaguez ?

— J'ai peur que non, dit Sheen.

— Alors vous êtes nuls, vous et le type qui vous accompagne.

— Pourquoi, David ?

Le petit garçon allongea vivement la main, s'empara des messages et les tint en éventail comme des cartes à jouer :

— Ce n'est pas l'écriture de Barbara, ça ! Vous n'avez pas le droit de l'accuser. Et si vous le faites quand même, des gens savants vous mettront le nez dans votre pipi.

L'enfant était rouge, il s'agitait.

— Je suis inspecteur de police, rappela Sheen. Je trouve que tu n'es pas très respectueux envers les inspecteurs de police.

— Je les emmerde, dit David. D'ailleurs, j'emmerde tout le monde. Je vous préviens : si vous emmenez Barbara, je raconterai tout, ça ne me dérange pas, et vous aurez l'air plutôt ridicule.

— Qu'est-ce que tu raconteras, David ?

Le petit garçon décrocha une mince sacoche de trappeur qui pendait au mât de la tente, en sortit un cahier d'écolier dont plusieurs pages étaient arrachées :

— C'est sur ce cahier que je les ai écrits, les messages. Barbara n'a pas de cahier comme ça. Quand elle voulait envoyer une lettre, Mamy lui prêtait du papier. Mamy avait un très beau papier.

John William Sheen regarda le cahier. C'était la vérité qu'il avait pressentie, mais elle lui faisait mal. Et c'était souvent ainsi, et souvent il haïssait la vérité.

— Pourquoi ces petits mots, David ?

— Parce qu'ils ne m'aiment pas. Des fois, j'ai envie qu'ils meurent tous. Quand j'écris des trucs comme ça, j'ai l'impression que ça va devenir vrai.

— C'est devenu vrai pour ta grand-mère.

— Oui, dit l'enfant. Très moche. C'était elle que j'aimais le mieux. Est-ce que j'ai fait quelque chose de vraiment mal ?

— Certaines personnes jugeront que oui. Moi, David, je ne juge pas.

Il sortit précipitamment de la tente. David crut que le policier avait des crampes à force de rester accroupi dans ce royaume si étroit, où il faisait moite et où ça ne sentait pas très bon. En réalité, Sheen avait seulement envie de flanquer des coups de pied dans les rhododendrons et de demander à Dieu comment diable il supportait qu'il y eût au monde tellement d'enfants navrés – sans compter ceux qui n'avaient pas le temps d'être navrés car ils mouraient avant les premières navrances. Gorgés de pluie, les rhododendrons se vengèrent des coups de pied en aspergeant l'inspecteur. Dieu ne répondit pas.

L'inspecteur regagna le Chevalier rouge et les deux canards en passant par le port. Les tempêtes des derniers jours avaient amassé des algues flottantes qui donnaient au petit port des allures de mer des Sargasses. Une piquante odeur de varech montait de cette prairie brune qui ondulait au rythme de la houle mourante.

Le *Tapsalteerie* avait quitté son mouillage protégé pour venir s'amarrer à son poste d'appareillage le long de la jetée.

Une ardoise accrochée au bastingage annonçait qu'il prendrait la mer le lendemain à neuf heures et ferait route sur Thurso. L'ardoise précisait que l'unique cabine privée du ferry, ordinairement réservée aux personnes souffrantes allant recevoir des soins à l'hôpital de Thurso, serait indisponible pour cette traversée : la police l'avait réquisitionnée.

Sheen devina que Wabbit était derrière cette histoire de réquisition. La cabine servirait à enfermer McFynn et Barbara. Dépourvue de hublot, équipée d'une porte en acier, elle ferait une cellule en effet très convenable.

Le commandant du *Tapsalteerie* aperçut l'inspecteur et l'informa que la cabine en question présentait l'avantage d'être traversée par de nombreuses tuyauteries, ce qui s'avérait bien pratique pour y fixer les menottes des prisonniers. Il dit cela avec la physionomie d'un homme heureux, l'air épanoui d'un architecte de prison collant de petits arbres en plastique autour de la maquette en carton blanc de ses futurs bâtiments pénitentiaires. Il arpentait à grands pas le pont bosselé de son navire. Il avait décrotté ses bottes de mer au jet d'eau, une femme de l'île avait remplacé ses galons défraîchis par des tresses d'or toutes neuves, la jeune fille du pressing avait rendu une forme agréablement retroussée, un peu arrogante, à sa vieille casquette avachie. Il subsistait pourtant des traces de jaune d'œuf dans sa barbe. « Nobody is perfect » restait le jugement le plus lucide jamais porté sur l'humanité.

Au-delà des maisons du port, sur la pente des collines, des chevaux s'ébrouaient. Leurs naseaux fumaient. Fumait aussi la cheminée du pub. Une femme blonde lisait un magazine en couleurs qui parlait d'une séparation possible entre le prince et la princesse de Galles, c'était une nouvelle apparemment émouvante pour la femme blonde car elle ne cessait de croiser et de décroiser ses jambes, et dans le mouvement qu'elle faisait elle montrait ses genoux, l'un d'eux portait une écorchure qui saignait encore un peu. Un goéland, sur les pavés du quai, fixait le genou blessé. Il aurait aimé y plonger son bec. La femme blonde le chassait en agitant son magazine et en faisant « pschh, pschh ! » avec ses lèvres. L'oiseau s'écartait, puis revenait. Il avait l'œil fixe. Les goélands sont plus obstinés que méchants.

Sheen, lui, était triste et il n'avait personne à qui le dire.

11

Bravant l'humidité qui restait pénétrante malgré le retour du soleil, des curieux s'étaient rassemblés devant le Chevalier rouge et les deux canards. Campé devant l'entrée de l'auberge, le policeman McBrand leur enjoignait de circuler, affirmant solennellement, selon le mensonge en usage dans toutes les polices du monde, qu'il n'y avait rien à voir.

Le seul résultat tangible qu'il obtenait en s'époumonant de la sorte était que d'autres badauds, alertés par ses mugissements, se hâtaient d'accourir pour apprendre de quoi il retournait.

C'est ainsi que depuis l'arrivée de Barbara escortée par le surintendant Wabbit et le docteur Chickenwild, la petite foule n'avait cessé de grossir, jusqu'à être forte à présent d'environ deux cents personnes.

L'apprenti de Mr. Cairnbair, le boucher, circulait en proposant des saucisses chaudes et des cure-dents pour les piquer, tandis que la direction du

Chevalier rouge et les deux canards soldait des restes de soupe aux pois cassés.

À la vue de ces gens qui se restauraient sous les fenêtres d'une jeune fille arrêtée et pariaient sur le nombre d'années qu'elle allait devoir passer derrière des barreaux, la tristesse de John William Sheen s'accrut encore ; mais sans réussir à franchir, malheureusement, ce cap après lequel la tristesse se mue en révolte et transforme les affligés en combattants. Sheen allait en rester au stade morne et débilitant de la respiration qui se fait mal et des yeux qui piquent.

Savait-elle seulement ce que signifiait la prison, la foule devant l'auberge, et que mille petites pénitences pourtant non voulues par les juges venaient se greffer sur la Grande Punition qu'est toute espèce de privation de liberté ? Songeait-elle, cette foule vulgaire et masticatrice, que si des êtres brutaux réussissent à s'en accommoder, des personnes fragiles comme Barbara en éprouvent une souffrance intolérable, et que la première injustice de la peine est ainsi qu'elle n'est pas égale pour tous, ce qui la met par définition hors la loi ?

Les murmures s'apaisèrent lorsque Sheen s'avança.

— Partez, dit-il aux curieux, ne restez pas là, qu'attendez-vous ?

— Le diable et la démone ! cria une femme qui portait un chapeau de feutre vert avec trois cerises rouges et des plumes de grouse.

Doug McBrand se pencha vers l'inspecteur et lui dit tout bas :

— C'était une île sans histoires, l'île de Dune

Benton et de ses livres pour enfants sages. Malgré son sacré putain de climat, une île charmante. On parlait d'y construire un golf et un musée de figures de cire montrant Peggy dans toutes ses aventures époustouflantes. Les touristes auraient peut-être fini par venir. Mais maintenant, il paraît que les journaux anglais, et même ceux de Wick, de Thurso et d'Édimbourg, appellent Greenhill «l'île de la mort». À une autre époque, je suppose que les habitants auraient pendu McFynn et Barbara. Aujourd'hui, ils veulent juste leur balancer des pots de chambre à la figure.

— Abject, dit Sheen en offrant à un chien errant la saucisse que l'apprenti boucher lui avait mise dans la main, presque de force.

Le chien, rompu à l'hypocrisie des hommes, crut que l'inspecteur voulait lui tordre la truffe, il gronda et fit mine de mordre. Sheen retira sa main, écrasa la saucisse sous son talon – elle claqua avec un petit bruit de pétarade qui enchanta les enfants qui se tortillaient au premier rang des spectateurs.

— Tarés, dit encore Sheen avant de franchir, très en colère, le seuil du Chevalier rouge et les deux canards. Tous tarés. Dieu veuille que l'apocalypse commence ici même.

— Où l'avez-vous mise?

— Doucement, mon cher, reprocha Harris Wabbit. Ne dirait-on pas que vous demandez à l'assassin ce qu'il a fait du cadavre? Est-ce de la jeune personne, Sheen, que vous voulez parler?

— Miss Marycott, précisément.

Il avait insisté sur le « miss », exprès pour agacer le surintendant. Ce dernier se tourna vers Chickenwild, quêtant du secours. Le docteur sourit :

— Voyons, inspecteur, Mr. Wabbit n'est pas un ogre. Ni moi non plus. Figurez-vous que j'ai cédé ma chambre à cette jeune fille. Pour vous apaiser tout à fait, sachez que je lui ai aussi donné mon foulard. Car vous ignorez sans doute que Greenhill compte un nouveau trépassé : le chauffage central de l'auberge a rendu l'âme.

— Il est temps que nous partions, grommela Wabbit. D'ailleurs, les pensionnaires s'enfuient les uns après les autres.

— C'est tout à fait comme une épidémie, appuya Chickenwild. Seul le Révérend Pickball manifeste l'intention de s'incruster.

Depuis quelques secondes, Sheen, l'air atterré, dévisageait alternativement Wabbit et Chickenwild.

— Un foulard ? fit-il enfin d'une voix blanche. Vous lui avez donné un foulard ?

— Je vous répète, dit Chickenwild, que sans être naïvement amoureux de la jeune personne, le surintendant et moi ne sommes pas des monstres d'insensibilité.

— Non, s'écria Sheen, mais de considérables idiots !

Il s'élança vers l'escalier conduisant aux chambres.

— Du diable si je saisis quelle mouche l'a piqué, murmura le médecin légiste.

— Hélas ! dit Harris Wabbit en se laissant tomber dans un fauteuil, il me semble que je suis en train de comprendre : avec un foulard, le fait est qu'on peut jouer à d'autres jeux qu'à colin-maillard…

Le policeman Whistle montait la garde devant la porte de la chambre 35. Il s'ennuyait ferme. À plusieurs reprises, il avait essayé d'amorcer un semblant de conversation à travers la porte avec la petite Barbara.

Sans doute n'était-elle pas aussi belle que les filles des magazines dont Whistle découpait les photos. Mais qui avait jamais pris la peine de la maquiller, de la coiffer, de lui offrir des bas fumés et des jarretelles noires comme en avaient les modèles qui posaient pour les journaux de charme ?

Whistle ne prétendait pas se faire passer pour un intellectuel, mais il était tout de même allé au théâtre une fois dans sa vie. C'était à Londres, un soir de Noël, et il avait assisté à une représentation de *My fair lady.* Il en avait oublié de rentrer chez sa tante Ursula Remington où l'attendaient pourtant des cadeaux et un repas délicieux. Il avait erré, ébloui, dans les rues enneigées : contrairement à ce qu'on lui répétait depuis le jour de sa naissance, les êtres n'étaient pas des objets dont la place était à tout jamais déterminée dans tel ou tel tiroir – ils pouvaient fort bien changer de tiroir, à condition que quelqu'un (le professeur Henry Higgins dans la pièce, Whistle dans la vie) voulût bien aimer assez fort un autre être (Eliza Doolittle dans la pièce, Barbara Marycott dans la vie) pour le faire passer d'un tiroir à un autre, du tiroir le plus bas jusqu'au tiroir du dessus, et ainsi de suite jusqu'à ce que cette personne se retrouve sur le napperon de la commode, en pleine lumière, offerte à l'admiration universelle.

C'était possible, le policeman Whistle avait vu, de ses yeux vu, une chose aussi exaltante arriver à Eliza Doolittle dans *My fair lady.* Il se sentait de taille, pour peu qu'elle le voulût bien, à faire de Barbara une femme respectable en public et follement affriolante en privé.

Il songeait à tout cela, avec aux lèvres un sourire béat, quand John William Sheen surgit sur le palier en hurlant :

— Nom de Dieu, Whistle, vous dormez ou quoi ?

Le policeman rectifia la position, mais il était trop tard : prenant son élan depuis le fond du corridor, le détective de Londres fonçait, une épaule en avant, sur la porte de la chambre 35.

Whistle n'eut que le temps de s'écarter, et la porte vola en éclats.

Barbara était assise sur le lit, son poignet droit enchaîné à un des barreaux de cuivre. Elle avait les lèvres entrouvertes et le regard brumeux d'une collégienne au piquet. Elle stagnait, indifférente et douce. Toute la violence du monde pouvait bien se rassembler dans la pièce, gonfler, s'enfler et puis exploser en éclaboussant comme un chausson aux pommes dont on aurait remplacé le sucre en poudre par du bicarbonate de soude – rien ni personne ne pourrait plus ébranler Barbara, lui arracher une larme ou un sourire.

Après avoir vomi tout à l'heure dans le salon de

Benton House, Barbara avait demandé l'autorisation de monter jusqu'à la salle de bains. Harris Wabbit avait consenti. Là-haut, Barbara s'était aspergée d'eau de toilette au muguet. Elle sentait bon pour plusieurs jours.

— Vous feriez damner un saint, gronda Sheen en s'abaissant aux pieds de la jeune fille pour y ramasser le foulard de soie que lui avait confié le médecin légiste.

— S'il y a ici quelqu'un de damné, dit-elle, c'est moi.

Et elle se mit à fredonner, pour paraître insolente, *The wind mills of my mind.* Au terme de la ligne mélodique, elle tira sur sa chaîne comme un petit chien qui a envie d'aller jouer dehors, elle fit voler ses cheveux, humecta ses lèvres, inclina la tête sur le côté et dit :

— Quelle façon d'entrer chez les gens, inspecteur ! Pourquoi avez-vous démoli cette pauvre porte ?

— Parce que vous étiez derrière et que j'ai pensé que vous pouviez avoir eu l'idée saugrenue de vous pendre avec ce stupide foulard.

Elle fit la moue :

— C'est un foulard très doux. Mais Dieu qu'il est laid ! Ce patchwork de rose sanguin et de grège maladif, beurk !...

Il s'assit sur le lit, tout près d'elle :

— Bravo, Barbara ! Vous gardez votre agressivité, votre ressort. Vous avez raison. Surtout, ne vous laissez pas impressionner par Wabbit et

Chickenwild. En réalité, je suis parfaitement maître de la situation.

— Vraiment ? Et qui a la clé des menottes ?

Il dut reconnaître que c'était Harris Wabbit.

— Ouaf, ouaf, conclut-elle d'une petite voix aigre et désabusée.

— Vous n'êtes pas coupable, fit Sheen avec conviction. Assurément non. Je ne dis pas ça parce que je suis amoureux de vous. Pauvre ange ! tout vous accable, tout vous accuse : vous avez un mobile excellent, vous êtes la dernière personne à avoir vu miss Benton encore vivante sur la plage de Loch Ennyrd, et surtout vous faites une coupable idéale – une coupable qui n'est pas de la famille et qui, par conséquent, ne fait pas de taches sur le tapis.

Il lui passa un bras autour des épaules. Elle tremblait un peu. Il n'osa pas imaginer que c'était parce qu'il l'enlaçait. Il se dit : « C'est parce qu'elle a eu froid, parce que ces imbéciles l'ont cueillie au saut du lit, c'est parce qu'elle a eu peur, parce qu'elle a été violemment émue. »

— Barbara, interrogea-t-il, le téléphone de Benton House est coupé depuis hier soir. Mais avant cela, vous rappelez-vous s'il a donné des signes de faiblesse ?

— Je n'y ai pas fait attention, murmura-t-elle. Mr. Robin s'en est énormément servi, il me semble. À la réflexion, oui, je l'ai peut-être entendu pester après les caprices du téléphone.

Elle releva les yeux, essayant de comprendre où Sheen voulait en venir. Il lui caressa le visage, elle ne fit rien pour l'en dissuader, elle avait un insatiable besoin de réconfort.

— Il y a un poteau télégraphique abattu en travers du sentier de la lande, dit-il.

Barbara tira un peu sur la chaîne emprisonnant son poignet droit et plia son bras, faisant mine de gonfler ses biceps :

— Eh ! détective, vous me voyez jouer à ça ?

— J'ai bien examiné le poteau, dit l'inspecteur. Aucun être humain n'aurait pu l'arracher du trou au fond duquel on l'avait fiché.

— Le vent ? suggéra Barbara.

— À la rigueur, le vent l'aurait brisé. Pas proprement déplanté. Mon sentiment est que ce poteau a été descellé la nuit du crime. Il s'est couché sans provoquer la rupture de la ligne, détériorant seulement la qualité des communications. Le fil a cassé plus tard, sans doute dans la soirée d'hier.

La jeune fille lança ses jambes sur le côté et s'étendit sur le lit. Elle ferma les yeux. Ses cils étaient humides, déjà collés par les larmes qui se bousculaient :

— Mon Dieu ! s'écria-t-elle avec une sorte de désespoir, si c'est ça que vous appelez enquêter sur un meurtre, je ne suis pas sortie d'affaire ! Mais on dirait que vous avez toutes vos chances d'entrer à la compagnie du téléphone. Adieu, Johnny, soyez heureux dans votre nouveau job. Pas de regrets, surtout – comme flic, ce n'était pas vraiment ça, hein ?

Sheen la dévisagea avec lassitude. Il s'écarta du lit. Pourquoi la plupart des femmes étaient-elles toujours plus impatientes que le cours du temps ? À quinze ans, elles voulaient déjà être des grandes personnes, et elles y réussissaient plutôt bien ; elles s'éloignaient du rivage, abandonnant sur celui-ci des garçons qui, eux, étaient encore et pour longtemps des enfants.

— Je vais comprendre, dit-il, je crois déjà comprendre. Ce sont les dernières pièces du puzzle les plus difficiles à placer, voilà tout ! Par exemple, comment assembler l'élément « poteau télégraphique flanqué par terre » avec l'élément « billard détraqué » ?

Elle se retourna du côté du mur et renifla :

— Je n'ai plus qu'à espérer tomber sur un bon avocat. Et vous, sur un bon toubib – ce que vous avez se soigne sans douleur : on ne douche plus les fous, aujourd'hui.

Wabbit, Chickenwild et le policeman Whistle attendaient Sheen au pied de l'escalier.

— Mon vieux, dit le surintendant en lui assenant une claque sur les épaules, pas de coquetterie entre nous : je sais qu'en ce moment vous me détestez.

— Youpi ! répondit Sheen d'un ton lugubre. Ceci est votre première déduction exacte depuis notre arrivée à Greenhill.

Harris Wabbit ricana :

— Allons, ne le prenez pas ainsi. Je devine ce qui se passe en vous. Nous en causions justement avec le docteur.

— Précisément, appuya Chickenwild. Et nous citions Stefan Zweig : *La Pitié dangereuse*…

Sheen avait lu le livre autrefois, et l'avait aimé tout en le trouvant manqué : ce n'était pas à la fragile jeune fille paralysée de tomber amoureuse du bel officier, mais le contraire. Lui, John William, l'aurait écrit ainsi, en inversant l'ordre des amours.

Il récupéra son chapeau qu'il avait tout à l'heure accroché au museau d'un goupil naturalisé ornant la descente d'escalier, et le vissa sur sa tête. D'un claquement des doigts, il intima à Whistle l'ordre de le suivre.

La pitié dangereuse ! Et quoi encore ! Pourquoi cette peur, chez Wabbit, Chickenwild et près de cinq milliards de leurs semblables, d'employer le mot juste ?

— Il fallait dire amour, gronda-t-il, il faut toujours dire amour.

— Oui, monsieur, approuva servilement Whistle. Amour est le mot juste, monsieur. Et aussi, nous aurions dû prendre un parapluie.

De nouveau, il pleuvait à verse.

Oliver McFynn avait l'air d'une volaille. De courtes mèches de cheveux fins et raides hérissaient son crâne à la façon d'une crête, il serrait les coudes contre son corps comme des moignons d'ailes, il sautillait et il gloussait. À cela s'ajoutait le remugle humide de la grange, une puanteur qui évoquait la fadeur moite des poulaillers mal tenus.

En traversant le bar du Chevalier rouge et les deux canards, Sheen avait raflé une bouteille de scotch et deux verres. Il servit McFynn. Celui-ci avala d'un trait. Sans hésiter, Sheen lui versa une nouvelle rasade, plus conséquente que la première.

— Vous cherchez à me soûler ?

— Je bois avec vous, fit remarquer Sheen, et autant que vous.

— Voulez-vous qu'on trinque à quelque chose de particulier ? Whistle et McBrand disent que la partie est finie et que l'assassin est arrêté – je parle de « l'autre » assassin, naturellement…

— Barbara a été interpellée, admit Sheen. Il est question de la transférer à Thurso demain matin, par le ferry. Vous aussi, par la même occasion.

À travers le verre qu'il faisait tourner entre ses doigts, le réparateur d'horloges examinait le détective :

— Ça n'a pas l'air de vous enthousiasmer. C'est pourtant bon pour votre avancement, non ? Deux meurtres, et les deux coupables qui vont avec.

Sheen se pencha légèrement en avant :

— McFynn, je continue à vous conseiller vivement de simuler la démence. Cela dit, pour ma part je ne crois pas que vous soyez fou. Et je propose de lever nos verres au plaisir inestimable qu'il y a à se retrouver entre personnes douées de raison.

Il versa une troisième tournée de scotch. C'était un alcool couleur d'or très pâle, un pur malt aux rêches parfums de tourbe et d'iode.

— Il est rudement bon, apprécia McFynn en faisant claquer sa langue. Fou ou pas, on ne me donnera pas de sitôt l'occasion d'en déguster un pareil. C'est d'autant plus regrettable que je n'ai pour ainsi dire jamais sacrifié à ce genre de plaisir.

Dans ma profession, on n'a pas le droit d'avoir les mains qui tremblent. Le tremblement, inspecteur, quelle qu'en soit l'origine, voilà l'ennemi du réparateur d'horloges. Voilà l'assassin, ajouta-t-il après un silence, voilà le véritable assassin.

Oliver McFynn s'empara avec autorité de la bouteille et remplit son verre une fois encore :

— À présent, mes mains peuvent bien danser la gigue autant qu'il leur plaira ; elles ne m'appartiennent plus, elles sont la propriété des flics et des juges qui ne se gêneront pas pour les enchaîner, et cela dès demain pour monter à bord du ferry, pas vrai ?

Sheen ne répondit pas. Il songeait au poignet droit de Barbara. L'homme aux allures de volaille laissa fuser son drôle de petit rire fêlé :

— Vous ne dites rien, inspecteur, mais vous me regardez avec gentillesse. Je suis content de l'intérêt que vous me portez. C'est comme l'alcool, c'est nouveau pour moi. Car vous devez savoir que peu d'hommes ont été aussi incompris, aussi méprisés que moi. J'avoue n'avoir pas choisi un métier particulièrement lucratif. Mais il était passionnant…

« J'avais en pension trois cent soixante-cinq horloges. Une pour chacun des jours de l'année. Il y avait les lymphatiques, les déprimées qu'il fallait vitaminer, les excitées que je devais apaiser, calmer, ralentir.

« Mon rêve, Mr. Sheen, le but ultime de toute ma vieille vie, c'était de parvenir à ce que mes horloges marquent toutes la même heure, à ce qu'elles sonnent toutes midi ou minuit en même temps, rigoureusement, au quart du millième de seconde près. J'y travaillais depuis trente ans. Avec des montres modernes, c'eût été un jeu d'enfant. Mais il n'est rien au monde de plus lunatique qu'une horloge ancienne.

« Eh bien, tout arrive ! Et la nuit où miss Benton est morte, j'étais à deux doigts de réussir. Minuit allait sonner. Sur les trois cent soixante-cinq horloges, trois cent soixante-quatre balanciers battaient comme un seul, sept cent vingt-huit aiguilles formaient entre elles un seul et même angle. Une dernière horloge se montrait indisciplinée, mais j'étais sur le point de la dompter.

« C'est alors que tout s'est détraqué, avec une soudaineté, avec une brutalité inouïes. Des balanciers se sont mis à battre de façon frénétique, d'autres se sont purement et simplement décrochés, l'un d'eux a même fracassé sa caisse. Ce fut comme si le diable lui-même avait soufflé un rot pestilentiel sur mon jeu si fragile et si beau.

« À la même heure, Dune Benton mourait sur la grève de Loch Ennyrd.

Sheen se frotta les yeux, désappointé :

— Quel rapport entre vos coucous et le meurtre de la vieille dame ?

— Mes horloges ne se sont pas déréglées toutes seules, inspecteur.

— Quelqu'un y a-t-il touché ?

— L'assassin de Dune Benton, oui. C'est lui qui a également détraqué le billard du cottage et flanqué par terre le poteau télégraphique sur le chemin de la lande.

John William Sheen avança son visage si près de celui d'Oliver McFynn que leurs nez faillirent se heurter, se croiser comme les lames de deux fleurets :

— Et vous l'avez vu ?

— Je cultive trop l'art de la précision, Mr. Sheen, pour répondre par l'affirmative. Voir n'est pas le verbe qui convient.

— McFynn, s'écria le détective, j'aime une jeune fille et on est en train de lui faire du mal... alors, je n'ai pas de temps à perdre avec des histoires de tueur invisible ! Gardez vos revenants, vos loups-garous et autres sornettes. Wabbit et Chickenwild ont raison : vous êtes un malade mental, et il n'y a rien à tirer de vous.

— Si, inspecteur : la vérité sur la mort de Dune Benton. L'assassin n'a pas de visage, mais il a un nom, et je le connais.

Approchant ses lèvres fines de l'oreille de Sheen, le réparateur d'horloges lui murmura quelque chose.

Au premier abord, cela pouvait sembler aberrant.

Pourtant, John William Sheen eut la conviction que le lutin disait vrai. Car le mot qu'il venait de lui susurrer, en effet, expliquait tout : la mort de Dune Benton à la fois assommée et noyée, la façon dont le poteau sur la lande avait été descellé et non pas simplement brisé, la mésaventure survenue à la table de billard, la folie subite qui s'était emparée des horloges d'Oliver McFynn.

— Seul problème, dit pensivement l'inspecteur,

ce n'est pas le genre de tueur qu'on peut fourrer en prison.

— Oublions ce détail et buvons, dit McFynn. J'ai encore une ou deux révélations à vous faire, inspecteur. Vous venez de comprendre ce qui avait expédié la vieille miss Benton en enfer – me ferez-vous la charité d'écouter à présent la raison pour laquelle j'ai tué Abigaïl à coups de marteau ?

Le pur malt était à bonne température, et Sheen se sentait une dette envers McFynn.

Malgré son impatience presque douloureuse à courir respirer l'odeur de muguet qui montait de la nuque de Barbara, il s'assit à même la poussière de la grange et dit :

— Je vous écoute, mon cher Mr. McFynn.

12

Lady Patricia se tenait devant une fenêtre ouverte, contemplant le parc où gagnait la brume. Celle-ci avançait et reculait, ondulait au gré du vent comme un animal timide investissant un territoire qui n'était pas le sien ; mais quand elle trouvait un massif de plantes, un buisson hérissé, la brume s'y attachait et n'en bougeait plus.

— Comment s'habille-t-on pour ce genre de cérémonie ? dit la jeune femme en réprimant un frisson. Je n'en ai aucune idée.

— On s'habille normalement, il me semble, fit sir Philip. Vous ne pensiez tout de même pas passer une robe de cocktail ?

— Je vous répète que je n'en sais rien. Après tout, quelqu'un va s'entendre accuser de meurtre. C'est peut-être assez grave, assez solennel pour qu'on marque l'occasion en s'habillant d'une manière…

Elle s'interrompit, referma la fenêtre, appuya son front contre la vitre froide.

— Oh ! Philip, murmura-t-elle, qu'avons-nous fait pour mériter cela ?

— Nous n'avons rien fait du tout. C'est l'assassin qui a fait quelque chose de hideux. Lui seul en subira les conséquences, il me semble. Sincèrement, je ne comprends pas ce qui vous agite.

— L'idée que cette maison, ce salon, puissent devenir une sorte de tribunal, voilà ce qui m'agite. Et plus encore, ajouta-t-elle en baissant la voix, la pensée que c'est l'un d'entre nous. Car j'espère que vous comprenez bien ça, Philip ? Si le meurtrier était un rôdeur, un étranger, ou même un habitant du village, l'inspecteur n'aurait pas provoqué cette réunion chez nous.

— Vous semblez oublier que c'est ma mère qui a été tuée. C'est donc à nous, la famille et les proches de la victime, que la police doit révéler le nom du coupable. Je trouve très déférent de la part de ces messieurs de Scotland Yard de se déranger, de venir nous exposer les faits à domicile.

— Ils n'étaient pas si délicats ce matin quand ils ont arrêté la pauvre petite Barbara. Dieu veuille que ce soit une erreur !

Sir Philip fronça les sourcils.

— La pauvre petite ? releva-t-il. Vous avez pitié d'elle, à présent ? Voilà qui est nouveau. Je croyais qu'elle vous insupportait.

— Je me méfie des martyres, surtout quand elles sont jeunes et qu'elles ont ce genre de frimousse. Je suis sûre que vous êtes le digne fils de votre mère, Philip.

— Ce qui veut dire ?

— Que je vous soupçonne d'avoir hérité son goût pervers des jeunes filles punies. Oh ! je vous en conjure, ne prenez pas cet air outragé ! C'est une déviation écœurante, mais devenue d'une telle banalité que vous n'avez aucun motif d'en tirer vanité. Je souhaite néanmoins que Barbara soit disculpée tout à l'heure, parce que je me sentirais humiliée de devoir, au cours des prochains mois, répondre au téléphone que « non, sir Philip n'est pas là, il est à Londres où il a pris pension dans une sorte de bouge minable mais qui a l'avantage d'être situé tout à côté de la prison où est détenue cette intéressante jeune personne qui a étranglé, assommé et noyé la mère de ce pauvre Philip… ».

Sir Philip haussa les épaules. Lorsque Patricia était anxieuse, au lieu de méditer en silence comme lui-même s'y astreignait, elle se lançait dans des conversations décousues, faisant alterner les désespoirs fébriles avec les bouffées d'insolence, voire d'agressivité conjugale. Un homme plus susceptible que Philip serait parti plus d'une fois en claquant la porte (et peut-être aussi l'une des deux joues de Patricia). Mais il s'en était toujours abstenu de crainte d'envenimer les choses et de pousser Patricia à des extrémités comme une tentative de suicide ou, ce qui ne valait guère mieux, la mise en train d'une procédure de divorce.

Ce qui n'aurait pas manqué de contrarier fortement Dune Benton : « J'en conviens, Philip, toute famille n'est qu'un trompe-l'œil, un rideau de théâtre. Le déchirer est sans conséquences, je suppose, quand on est livreur de cresson ou timonier sur le fleuve Amazone. Mais mon public ne survivrait pas à une quelconque détérioration de notre environnement familial – environnement que je lui ai présenté comme une réussite idéale, un exemple d'harmonie, d'affection partagée, de concessions faites avec le sourire au profit les uns des autres. La façade, mon garçon, c'est au moins cela que nous avons en commun avec la famille royale. Cela dit, rassure-toi, ta mère n'est pas dupe des réalités : ta femme me hait, et moi je me sens trop lasse à présent pour faire route vers elle et apprendre à la considérer autrement que comme la plus glacée, la plus cynique, la plus insupportable des belles étrangères. Mon cher petit-fils David me trouve ennuyeuse, et de toute façon il est à l'âge où l'on n'aime que soi-même, et encore ! Il avait de beaux yeux, cet enfant, mais aujourd'hui ils me font songer à deux petites boules de haine qui tournent, qui tournent... Natalia Nikolaievna pense que, décidément, je mets trop de temps à mourir ; et moi, je te l'ai déjà dit en confidence, j'ai horreur de l'odeur corporelle de cette vieille cigogne russe – oh ! elle se lave, ça n'a rien à voir avec l'hygiène. Il va de soi que la cigogne vous déteste, ta femme et toi, comme ça, sans raison précise, juste parce que c'est contagieux. Robin J. Robin ? Ah ! Robin me méprise, il sait mieux que personne ce que la grande Dune Benton vaut sur le plan littéraire : des nèfles ! Oui, mais des nèfles d'or. Alors, il compose. Pour moi, je ne suis pas en reste, Robin n'est qu'un marchand de papier, un imprimeur qui sans le triomphe des *Aventures de Peggy* se serait depuis longtemps reconverti dans l'impression des faire-part et des tracts syndicaux. J'ajoute que c'est une folle tordue. Un jour,

Robin J. Robin se fera femme. Cachez David, ce jour-là. À tout cela, naturellement, il faut ajouter le cas Barbara. Pourquoi n'ai-je jamais de remords à la faire souffrir, celle-là ? Suis-je un monstre, Philip ? Non, rien que la tête pensante d'une famille de monstres. Nous n'avons rien à nous envier les uns aux autres. C'est ainsi qu'est notre famille, ou ce qui en tient lieu. Mais ce n'est pas du tout comme ça que l'imaginent mes lecteurs. Alors, Philip, pas de divorce, pas de suicides – même ratés. »

Dune Benton n'était plus. Avant de quitter ce monde, elle avait elle-même tenté de salir son image, d'épouvanter son public. Cela n'avait-il pas valeur de permission ? Sans doute oui, songea sir Philip. Il allait y réfléchir plus avant. Cela occuperait les pires journées de la mauvaise saison, celles où le chien Angus lui-même refusait de l'accompagner à la chasse au renard. Au printemps, peut-être seraitce lui qui entamerait cette fameuse procédure de divorce. Les réactions de Patricia ne manqueraient pas d'être distrayantes. Et s'il ne se décidait pas à divorcer, au moins tenterait-il de mettre fin à ses jours. N'était-ce pas aussi respectable que d'apprendre à jouer au golf ?

Il se leva et considéra lady Patricia avec une indulgence toute neuve, presque avec affection, ce qui ne lui était pas arrivé depuis la naissance de David.

Il s'enhardit même à lui caresser la joue, se surprit à y trouver un vague plaisir, une sorte d'émoi lointain :

— Allons, c'est vous qui avez raison, Patricia.

Enfilez donc une jolie robe, quelque chose d'un peu subjuguant. Pourquoi pas celle en taffetas de soie, couleur antilope ?

— Couleur fennec, dit-elle en haussant les épaules. Décidément, vous mélangez tout.

Le chien fut lâché dans le parc avec mission d'intercepter tout ce qui pouvait ressembler à un importun. David et ses cousines furent consignés à la cuisine, à charge pour Mrs. Selingwood d'adoucir leur réclusion en les gavant de shortbread[1].

Ce que lady Patricia avait appelé « la cérémonie » put alors commencer.

Quand tous furent assis dans le salon (Natalia Nikolaievna près du feu de tourbe, sir Philip et lady Patricia dans les deux fauteuils crapauds, Robin J. Robin au fond de la chauffeuse de cuir vert bronze, Arthur Stockerton sur le rebord intérieur d'une fenêtre et Barbara, les poignets toujours entravés, sur une chaise bleue), John William Sheen fit son entrée, escorté par Harris Wabbit et John Chickenwild.

Le surintendant et le médecin légiste avaient l'air de deux bedeaux pris en flagrant délit de vol de vin de messe. Wabbit était pâle comme quelqu'un qui va perdre connaissance, tandis que le visage de Chickenwild était au contraire d'un rouge effrayant.

Ils saluèrent sèchement, par petites saccades de la tête et en évitant de croiser les regards. Ils s'assirent à leur tour, les mains posées sur les genoux,

1. Biscuits écossais, sablés à forte teneur en beurre.

examinant avec concentration l'extrémité de leurs souliers crottés.

Robin J. Robin se pencha vers lady Patricia et lui murmura qu'il avait une fois dans sa vie assisté à un procès criminel et que les jurés faisaient exactement cette tête-là en revenant devant la Cour avec un verdict de culpabilité :

— Voyez-vous l'injustice de la chose ? Mr. Wabbit s'est donné tout le mal d'arrêter Barbara, et c'est finalement Mr. Sheen qui va en récolter la gloire et les lauriers.

— Vous allez un peu vite, Robin ! Il semblerait que les jeux ne soient pas faits et que n'importe lequel d'entre nous puisse…

— Taratata ! coupa-t-il, c'est elle qui porte les menottes, c'est un signe qui ne trompe pas !

Lady Patricia regarda les mains de Barbara. Comment la jeune fille s'y prenait-elle pour rester aussi adorablement exquise avec « ça » aux poignets ? Lady Patricia commençait à mieux comprendre que sa belle-mère ait eu si souvent envie de gifler la fille de l'homme-sandwich de Southampton.

Mrs. Selingwood fit une brève apparition pour servir le thé et les petits gâteaux. Elle dit que David, Sarah et Shirley se conduisaient mal. Mais ça n'intéressait personne.

La nuit était là tout à fait, derrière les fenêtres.

Alors, l'inspecteur principal John William Sheen dit ceci :

— Si miss Benton avait commis des romans policiers au lieu des niaiseries hypocrites et burlesques qui ont fait sa fortune et sa gloire – si miss Benton avait été digne d'Agatha Christie et si j'avais moi-même été digne d'Hercule Poirot, et si en somme nous étions les personnages d'un de ces merveilleux romans qui sont une part de notre chère vieille Angleterre – Dieu sauve la Reine ! –, je ferais durer le plaisir en pointant l'index sur chacune et chacun d'entre vous, en tonnant : « C'est elle ! C'est lui ! Et je le prouve… » Et puis, l'ayant démontré, je me mettrais à glousser et j'ajouterais : « Eh ! eh ! il en serait ainsi s'il n'en était pas autrement. L'assassin n'est pas celui (ou celle) que je viens de désigner : c'est son voisin (ou sa voisine)… »

« Mais Dieu me garde de vous infliger pareil traitement. Je ne suis qu'un inspecteur de police, pas un auteur. Je n'ai pas à séduire un éditeur, des critiques, un public. Je n'ai de comptes à rendre qu'à la vérité et, accessoirement, à mon supérieur, l'Honorable Jeffrey Reginald Thompson de New Scotland Yard.

« Voici donc, sans plus de précautions oratoires, la vérité sur la mort de votre parente et amie, miss Dune Benton.

« Elle méritait sans doute de périr assassinée. Et vous aviez tous des raisons indiscutablement sérieuses de la faire passer de vie à trépas – oui, sir Philip, vous aussi, bien que vous soyez le seul à l'avoir aimée ; mais c'est cet amour, précisément, qui pouvait vous faire succomber aux tentations de l'euthanasie. À une impossibilité près : vous n'auriez employé aucun de ces trois moyens hideux qui ont eu raison de la vie de Dune Benton.

« Lady Patricia pouvait n'avoir pas eu les mêmes scrupules. Il était de notoriété publique qu'elle vouait à sa belle-mère ce que nous appellerons pudiquement une haine polie, civile, feutrée. Mais il n'était pas de l'intérêt de lady Patricia de commettre un meurtre, à moins bien entendu que ce ne fût un crime parfait. Là encore, les circonstances de la mort de Dune Benton s'opposent à la notion même de crime parfait.

« Natalia Nikolaievna, elle non plus, n'aimait pas beaucoup Dune Benton. Elle était prête à aller assez loin, semble-t-il, pour s'assurer la jouissance et la propriété de l'avion – un avion que la vieille dame risquait de mettre en vente dès son retour à Londres. Mais une personne comme Natalia Nikolaievna n'aurait-elle pas employé le poison, une overdose médicamenteuse par exemple, de préférence à ces expédients violents et primaires que sont la strangulation, la noyade ou le coup sur la tête ?

« L'intérêt de Robin J. Robin était que miss Benton voulût bien disparaître avant d'avoir eu le loisir de massacrer son image de marque. De vous tous, je lui reconnais le mobile le plus sérieux, parce que directement lié à l'argent. Mais au risque de me répéter, je ferai la même remarque à propos de Mr. Robin : quitte à tuer Dune Benton, je suis persuadé qu'il aurait fait preuve de plus d'élégance dans le choix des moyens.

« Arthur Stockerton, lui, était parfaitement capable d'étrangler la victime. Une étrange folie l'habite, une de ces folies que nous préférons aujourd'hui appeler un fantasme. Que Stockerton soit un étrangleur potentiel, voilà qui n'est pas douteux. Mais un fantasme se caractérise toujours par une courbe assez régulière de montée en puissance ; et une fois qu'il a atteint son degré d'intensité majeure, le fantasme retombe à la façon d'un soufflé hors du four. Si Arthur Stockerton avait tué miss Benton, le drame tout entier se serait déroulé dans la chaleur du four – c'est-à-dire dans le phare de Greenhill Island, et non pas sur la plage de Loch Ennyrd.

« Reste Louisa Marycott, alias Barbara. Elle avait davantage de raisons que n'importe lequel d'entre vous de punir celle qui l'avait elle-même tellement punie. Presque chaque page de chaque volume des *Aventures de Peggy* recèle un mobile de vengeance. Les origines de Barbara, son éducation, la pression de sa colère trop longtemps retenue et dominée, autorisent à penser qu'elle ait pu, sur la grève, ramasser un lourd galet et en frapper sauvagement sa tortionnaire.

« J'avoue que j'en serais probablement venu à cette conclusion, à l'exemple du surintendant Wabbit et du docteur Chickenwild, si ce vieil insecte d'Oliver McFynn n'avait, lui aussi, fracassé le crâne d'une femme – son épouse légitime, Abigaïl, Mary, Hortense McFynn.

— C'était mon idée première, s'écria Harris Wabbit dont le visage reprenait des couleurs. Depuis le début, je m'acharne à vous dire que McFynn est notre homme. C'est bien parce que vous repoussiez cette hypothèse, Sheen, que je me suis rabattu sur miss Barbara.

John William Sheen sourit. Il fit discrètement signe à lady Patricia d'aider Barbara, gênée par ses menottes, à boire son thé sans en répandre partout.

— Wabbit, dit-il doucement, permettez-moi de m'obstiner : McFynn a tué sa femme, c'est incontestable, mais il n'est pour rien dans la mort de Dune Benton. Pourtant, il y a effectivement un lien entre ces deux drames.

— Avons-nous sincèrement cherché à comprendre ce qui avait pu pousser, après quarante ans d'union paisible, un être inoffensif comme McFynn à s'emparer d'un marteau et à en frapper sauvagement sa femme ?

— La folie sénile, dit Chickenwild.

— L'exaspération, répliqua Sheen. Rappelez-vous que l'obsession du vieux bonhomme était de mettre au diapason toutes les horloges qu'il hébergeait dans sa boutique.

« Or, la nuit où mourut Dune Benton, il faillit y parvenir. Pour une raison que je vais évoquer dans un instant, son projet échoua. Mais de si peu qu'il pensa que ce n'était que partie remise. Et en effet, bientôt, il se retrouva dans la situation de réussir : avec un ensemble touchant, ses trois cent soixante-cinq mécanismes allaient sonner la demie de midi !

« C'est alors qu'intervint Abigaïl McFynn. Épouse irréprochable, excellente ménagère, elle n'avait qu'un tort – assez répandu, il est vrai : celui de ne pas s'intéresser le moins du monde à la douce manie du vieux McFynn. Elle se moquait du régiment des horloges comme du bouquet de fleurs d'oranger qu'elle avait serré entre ses mains le jour de son mariage avec Oliver.

« À midi et vingt-sept minutes, Abigaïl McFynn, constatant que des miettes de pain étaient tombées sur le sol de la cuisine, déplaça la table afin de les faire disparaître d'un coup de balai. Cette table rustique, en chêne massif, est un meuble fort lourd. Incapable de la soulever, Abigaïl se contenta de la pousser. Ce faisant, elle ébranla toute la maison. Et perturba ces petites choses susceptibles que sont des horloges anciennes.

« Pour la seconde fois en l'espace de quelques heures, Oliver McFynn vit sous ses yeux se dérégler ses précieux mécanismes. Ivre de désespoir, révolté jusqu'au tréfonds de l'âme, se croyant maudit à tout jamais, il prit un marteau… et l'on connaît la suite, ô combien sanglante et navrante !

« Pourquoi cet excès de colère, cette rage meurtrière, chez cet homme tranquille ? Je vous le répète, car tout est là : c'était la seconde fois en peu de temps qu'on lui sabotait son chef-d'œuvre.

« La première fois – la nuit donc où mourut miss Benton – ce ne fut évidemment pas le déplacement inopiné d'une lourde table de chêne qui engendra l'ébranlement fatal au synchronisme des horloges : ce fut le même phénomène qui renversa un poteau télégraphique sur le chemin de la lande et déstabilisa la table de billard ici même, dans ce cottage.

« La nuit qui nous occupe, un tremblement de terre de moyenne amplitude – de l'ordre de 3 ou 4 sur l'échelle de Richter – secoua le plateau sous-marin à une quinzaine de milles de Greenhill Island.

« Il était fort tard dans la nuit. Aucun habitant de l'île ne prit conscience de la secousse, d'autant moins que celle-ci ne dura que quelques secondes. Le seul à s'être aperçu de quelque chose fut Oliver McFynn qui réglait avec minutie le synchronisme de ses horloges. Il téléphona à la station météorologique de Wick, qui lui confirma qu'un mouvement sismique venait d'intéresser la région.

« Au même moment, Dune Benton était à Loch Ennyrd. En quête d'une forme symbolique de purification – pour des raisons que je tiens à votre disposition exclusive, sir Philip –, elle s'était avancée dans la mer jusqu'à la taille à peu près.

« La secousse du tremblement de terre la déséquilibra. Elle bascula, s'effondra en arrière. Sa nuque heurta violemment un rocher qui affleurait. Perdant connaissance, elle disparut sous l'eau. Ses poumons se remplirent. Et la mer, en se retirant à l'aube, découvrit son cadavre.

« Votre mère, sir Philip, est morte des effets conjugués d'une histoire d'amour et d'un tremblement de terre.

« N'était-ce point là une circonstance assez rare pour justifier le déplacement en mission d'un inspecteur principal de New Scotland Yard, d'un surintendant de la police écossaise et d'un médecin légiste ?

« Il se peut que l'Honorable Jeffrey Reginald Thompson, mon supérieur, et les agents comptables du Yard ne partagent pas ce point de vue. Mais pour ma part, conclut-il en caressant du regard Barbara Louisa Marycott qui, en cet instant, se donnait des airs irrésistibles d'ange injustement molesté par de puants démons, je n'ai pas l'impression que tout ceci aura été inutile…

Le dîner fut servi en retard, Harris Wabbit ne sachant plus ce qu'il avait bien pu faire de la clé des menottes. On le dépêcha au Chevalier rouge et les deux canards où l'on escomptait bien qu'il l'avait oubliée.

Il n'en finissait pas de revenir.

Et bien que tout le monde se portât volontaire pour lui couper sa part de grouse rôtie si elle n'y parvenait pas avec ses mains entravées, Barbara refusait de se mettre à table avec les menottes.

Cette nuit-là, la pluie vint à bout de la dernière rose – une « Zéphyrine Drouin » – qui avait survécu à l'été.

Chaufour – La Roche
Novembre 1987

DU MÊME AUTEUR

Aux Éditions du Seuil

MADAME SEYERLING, 2002.

LOUISE, 1998.

LA PROMENEUSE D'OISEAUX, 1996.

DOCILE, 1994.

LA FEMME DE CHAMBRE DU TITANIC, 1991.

AUTOPSIE D'UNE ÉTOILE, 1987.

LA SAINTE VIERGE A LES YEUX BLEUS, essai, 1984.

LES TROIS VIES DE BABE OZOUF, 1983.

L'ENFANT DE LA MER DE CHINE, 1981.

JOHN L'ENFER, 1977. Prix Goncourt.

UN POLICEMAN, 1975.

TROIS MILLIARDS DE VOYAGES, essai, 1975.

CEUX QUI VONT S'AIMER, 1973.

ABRAHAM DE BROOKLYN, 1972. Prix des libraires.

ELISABETH OU DIEU SEUL LE SAIT, 1971. Prix des quatre jurys.

LAURENCE, 1969.

LA MISE AU MONDE, 1967.

LE PROCÈS À L'AMOUR, 1966. Bourse Del Duca.

Aux Éditions Balland

ELISABETH CATEZ, 1991.

LA NUIT DE L'ÉTÉ, d'après le film de J.-C. Brialy, 1979.

LA DERNIÈRE NUIT, 1978.

Aux Éditions Fayard

LA ROUTE DE L'AÉROPORT, 1997.

Aux Éditions Grasset

LA PENDUE DE LONDRES, 2013.

EST-CE AINSI QUE LES FEMMES MEURENT, 2009.

Aux Éditions Julliard

IL FAIT DIEU, essai, 1975.

Aux Éditions Lieu Commun

BÉATRICE EN ENFER, 1984.

Aux Éditions Mercure de France

MEURTRE À L'ANGLAISE, 1988, Folio nº 2397. Nouvelle édition Folio Policier nº 945, 2021.

Chez NiL Éditions

AVEC VUE SUR LA MER, 2005. Prix du Cotentin.

Aux Éditions Plon

DICTIONNAIRE AMOUREUX DES FAITS DIVERS, 2014.

DICTIONNAIRE AMOUREUX DE LA BIBLE, 2009.

Aux Éditions Robert Laffont

LEWIS ET ALICE, 1992.

Aux Éditions Ramsay

IL ÉTAIT UNE JOIE, ANDERSEN, essai, 1982.

Aux Éditions Stock

LE BUREAU DES JARDINS ET DES ÉTANGS, 2017.

UNE ANGLAISE À BICYCLETTE, 2011.

HENRI OU HENRY : LE ROMAN DE MON PÈRE, 2006.

JÉSUS, LE DIEU QUI RIAIT, essai, 1999.

Livres pour la jeunesse

LE CLAN DU CHIEN BLEU, Masque Jeunesse, 1983.

LA BIBLE ILLUSTRÉE PAR DES ENFANTS, Calmann-Lévy, 1980.

O'CONTRAIRE, Robert Laffont, 1976.

COLLECTION FOLIO POLICIER

Dernières parutions

767. Franz Bartelt — *Chaos de famille*
768. Thierry Bourcy — *Les ombres du Rochambeau*
769. Georges Simenon — *Nouvelles exotiques*
770. Jo Nesbø — *L'inspecteur Harry Hole. L'intégrale, I*
771. Lorenzo Lunar — *La vie est un tango*
772. Nick Stone — *Cuba Libre*
773. Jean-Claude Izzo — *Fabio Montale*
774. Boileau-Narcejac — *Les intouchables*
775. Boileau-Narcejac — *Les visages de l'ombre*
776. Joe R. Lansdale — *Diable rouge*
777. Fredrik Ekelund — *Blueberry Hill*
778. Heinrich Steinfest — *Le poil de la bête*
779. Batya Gour — *Meurtre en direct*
780. Laurent Whale — *Les Rats de poussière I Goodbye Billy*
781. Joe R. Lansdale — *Le sang du bayou*
782. Boileau-Narcejac — *Le contrat*
783. Boileau-Narcejac — *Les nocturnes*
784. Georges Simenon — *Le bateau d'Émile*
785. Dolores Redondo — *De chair et d'os*
786. Max Bentow — *L'Oiseleur*
787. James M. Cain — *Bloody cocktail*
788. Marcus Sakey — *Les Brillants*
789. Joe R. Lansdale — *Les Mécanos de Vénus*
790. Jérôme Leroy — *L'ange gardien*
791. Sébastien Raizer — *L'alignement des équinoxes*
792. Antonio Manzini — *Piste noire*
793. Jo Nesbø — *Du sang sur la glace*
794. Joy Castro — *Après le déluge*
795. Stuart Prebble — *Le Maître des insectes*

796. Sonja Delzongle — *Dust*
797. Luís Miguel Rocha — *Complots au Vatican I Le dernier pape*
798. Caryl Férey — *Saga maorie*
799. Thierry Bourcy — *Célestin Louise, flic et soldat dans la guerre de 14-18*
800. Barry Gornell — *La résurrection de Luther Grove*
801. Antoine Chainas — *Pur*
802. Attica Locke — *Dernière récolte*
803. Maurice G. Dantec — *Liber mundi I Villa Vortex*
804. Howard Gordon — *La Cible*
805. Alain Gardinier — *DPRK*
806. Georges Simenon — *Le Petit Docteur*
807. Georges Simenon — *Les dossiers de l'Agence O*
808. Michel Lambesc — *La « horse »*
809. Frederick Forsyth — *Chacal*
810. Gunnar Staalesen — *L'enfant qui criait au loup*
811. Laurent Guillaume — *Delta Charlie Delta*
812. Laurent Whale — *Les Rats de poussière II Le manuscrit Robinson*
813. J. J. Murphy — *Le cercle des plumes assassines*
814. Éric Maravélias — *La faux soyeuse*
815. DOA — *Le cycle clandestin, tome I*
816. Luke McCallin — *L'homme de Berlin*
817. Lars Pettersson — *La loi des Sames*
818. Boileau-Narcejac — *Schuss*
819. Dominique Manotti — *Or noir*
820. Alberto Garlini — *Les noirs et les rouges*
821. Marcus Sakey — *Les Brillants II Un monde meilleur*
822. Thomas Bronnec — *Les initiés*
823. Kate O'Riordan — *La fin d'une imposture*
824. Mons Kallentoft, Markus Lutteman — *Zack*
825. Robert Karjel — *Mon nom est N.*
826. Dolores Redondo — *Une offrande à la tempête*
827. Benoît Minville — *Rural noir*

828. Sonja Delzongle	*Quand la neige danse*
829. Germán Maggiori	*Entre hommes*
830. Shannon Kirk	*Méthode 15-33*
831. Elsa Marpeau	*Et ils oublieront la colère*
832. Antonio Manzini	*Froid comme la mort*
833. Luís Miguel Rocha	*Complots au Vatican II La balle sainte*
834. Patrick Pécherot	*Une plaie ouverte*
835. Harry Crews	*Le faucon va mourir*
836. DOA	*Pukhtu. Primo*
837. DOA	*Pukhtu. Secundo*
838. Joe R. Lansdale	*Les enfants de l'éau noire*
839. Gunnar Staalesen	*Cœurs glacés*
840. Jo Nesbø	*Le fils*
841. Luke McCallin	*La maison pâle*
842. Caryl Férey	*Les nuits de San Francisco*
843. Graham Hurley	*Le paradis n'est pas pour nous*
844. Boileau-Narcejac	*Champ clos*
845. Lawrence Block	*Balade entre les tombes*
846. Sandrine Roy	*Lynwood Miller*
847. Massimo Carlotto	*La vérité de l'Alligator*
848. Benoît Philippon	*Cabossé*
849. Grégoire Courtois	*Les lois du ciel*
850. Caryl Férey	*Condor*
851. Antonio Manzini	*Maudit printemps*
852. Jørn Lier Horst	*Fermé pour l'hiver*
853. Sonja Delzongle	*Récidive*
854. Noah Hawley	*Le bon père*
855. Akimitsu Takagi	*Irezumi*
856. Pierric Guittaut	*La fille de la Pluie*
857. Marcus Sakey	*Les Brillants III En lettres de feu*
858. Matilde Asensi	*Le retour du Caton*
859. Chan Ho-kei	*Hong Kong Noir*
860. Harry Crews	*Des savons pour la vie*
861. Mons Kallentoft, Markus Lutteman	*Zack II Leon*
862. Elsa Marpeau	*Black Blocs*

863. Jo Nesbø	*Du sang sur la glace II Soleil de nuit*
864. Brigitte Gauthier	*Personne ne le saura*
865. Ingrid Astier	*Haute Voltige*
866. Luca D'Andrea	*L'essence du mal*
867. DOA	*Le cycle clandestin, tome II*
868. Gunnar Staalesen	*Le vent l'emportera*
869. Rebecca Lighieri	*Husbands*
870. Patrick Delperdange	*Si tous les dieux nous abandonnent*
871. Neely Tucker	*La voie des morts*
872. Nan Aurousseau	*Des coccinelles dans des noyaux de cerise*
873. Thomas Bronnec	*En pays conquis*
874. Lawrence Block	*Le voleur qui comptait les cuillères*
875. Steven Price	*L'homme aux deux ombres*
876. Jean-Bernard Pouy	*Ma ZAD*
877. Antonio Manzini	*Un homme seul*
878. Jørn Lier Horst	*Les chiens de chasse*
879. Jérôme Leroy	*La Petite Gauloise*
880. Elsa Marpeau	*Les corps brisés*
881. Sonja Delzongle	*Boréal*
882. Patrick Pécherot	*Hével*
883. Attica Locke	*Pleasantville*
884. Harry Crews	*Car*
885. Caryl Férey	*Plus jamais seul*
886. Guy-Philippe Goldstein	*Sept jours avant la nuit*
887. Tonino Benacquista	*Quatre romans noirs*
888. Melba Escobar	*Le salon de beauté*
889. Noah Hawley	*Avant la chute*
890. Tom Piccirilli	*Les derniers mots*
891. Jo Nesbø	*La soif*
892. Dominique Manotti	*Racket*
893. Joe R. Lansdale	*Honky Tonk Samouraï*
894. Antoine Chainas	*Empire des chimères*
895. Jean-François Paillard	*Le Parisien*

896. Luca d'Andrea	*Au cœur de la folie*
897. Sonja Delzongle	*Le hameau des Purs*
898. Gunnar Staalesen	*Où les roses ne meurent jamais*
899. Mons Kallentoft, Markus Lutteman	*Bambi*
900. Kent Anderson	*Un soleil sans espoir*
901. Nick Stone	*Le verdict*
902. Lawrence Block	*Tue-moi*
903. Jørn Lier Horst	*L'usurpateur*
904. Paul Howarth	*Le diable dans la peau*
905. Frédéric Paulin	*La guerre est une ruse*
906. Paul Colize	*Un jour comme les autres*
907. Sébastien Gendron	*Révolution*
908. Chantal Pelletier	*Tirez sur le caviste*
909. Sonja Delzongle	*Cataractes*
910. Elsa Marpeau	*Son autre mort*
911. Joe Ide	*Gangs of L.A.*
912. Francesco Dimitri	*Le livre des choses cachées*
913. Jo Nesbø	*Macbeth*
914. Dov Alfon	*Unité 8200*
915. Jérôme Leroy	*Un peu tard dans la saison*
916. Pasquale Ruju	*Une affaire comme les autres*
917. Jean-Bernard Pouy	*Trilogie spinoziste*
918. Abir Mukherjee	*L'attaque du Calcutta-Darjeeling*
919. Richard Morgiève	*Le Cherokee*
920. Antonio Manzini	*La course des hamsters*
921. Gunnar Staalesen	*Piège à loup*
922. Christian White	*Le mystère Sammy Went*
923. Yûko Yuzuki	*Le loup d'Hiroshima*
924. Caryl Férey	*Paz*
925. Vlad Eisinger	*Du rififi à Wall Street*
926. Parker Bilal	*La cité des chacals*
927. Emily Koch	*Il était une fois mon meurtre*
928. Frédéric Paulin	*Prémices de la chute*
929. Sonja Delzongle	*L'homme de la plaine du nord*
930. Sébastien Rutés	*Mictlán*

Composition APS-ie
Impression Maury Imprimeur
45330 Malesherbes
le 21 septembre 2021.
Dépôt légal : septembre 2021.
Numéro d'imprimeur : 257135.

ISBN 978-2-07-295674-4. / Imprimé en France.

399122